Wolfgang Glagla
Anthropogen

Wolfgang Glagla

Anthropogen

Kriminalroman

Dieses ist ein Roman. Handlung und Personen sind frei erfunden. Jede Ähnlichkeit mit lebenden oder toten Personen wäre rein zufällig und nicht gewollt.

Über den Autor:
Wolfgang Glagla, Jahrgang 1955, lebt in Hannover.
Nach einigen unterschiedlichen Buchprojekten sind im Epubli-Verlag bereits erschienen:
Avaritia (Richard Tackerts 1. Fall)
Absinth (Richard Tackerts 2. Fall)
Agamemnon (Richard Tackerts 3. Fall)

Wer eine Maske trägt, kann nicht erwarten,
dass man seine Tränen sieht.
Unbekannt

Umschlaggestaltung: Wolfgang Glagla
Verlag: epubli GmbH, Berlin, www.epubli.de
ISBN 978-3-7418-3428-8

Er hatte nur einen Versuch.

Sollte er sein Ziel verfehlen, wäre eine Wiederholung mit einem unkalkulierbaren Risiko verbunden, dass er keinesfalls eingehen wollte.

Der Schuss würde nicht nur Passanten aufhorchen lassen, auch sein Zielobjekt würde Deckung suchen. Ein erneuter Versuch wäre zu zeitaufwendig und erschien daher unsinnig. Also musste er treffen, oder das Vorhaben für heute abbrechen, und sich so schnell wie möglich aus dem Staub machen.

Geduldig - aber trotzdem voller Nervosität - wartete er im Schutz einiger wild wuchernder Sträucher, die sich in Ufernähe an einem der südlich gelegenen Gewässer der Ricklinger Kiesteiche breit gemacht hatten. Er hatte freie Sicht auf die Fläche, wo er sein Ziel anvisieren wollte.

Von dem war allerdings im Augenblick noch nichts zu sehen. Aber das beunruhigte ihn nicht. Darauf war er vorbereitet.

Als sein Kontaktmann ihm vor einigen Wochen das Angebot unterbreitete, hatte er nicht nur ein Für und Wider abgewogen, sondern auch Informationen über das Zielobjekt eingeholt. Dessen Tötung würde für reichlich Wirbel sorgen, und Nachforschungen von verschiedenen Seiten nach sich ziehen.

Aber er war ein vollkommen unbeschriebenes Blatt. Er

war nirgends aktenkundig und alles andere als ein berufsmäßiger Killer. Selbst kleine Fehler würden nicht auf seine Spur führen.

Wer letzten Endes der maßgebliche Auftraggeber war, wurde ihm nicht mitgeteilt. Und er wollte es auch gar nicht wissen, obwohl er einen starken Verdacht hegte.

Die angebotene Summe war überzeugend und am Ende waren nur noch leichte Zweifel vorhanden. So begann er mit einer intensiven Planung.

Seine Wahl fiel auf den heutigen Tag.

Die Entfernung von zirka sechzig Metern sollte kein Problem darstellen. Auch die leichten Niederschläge nicht, die gerade – wie angekündigt – einsetzten, und dazu beitragen würden, dass noch weniger Menschen zu dieser frühen Morgenstunde unterwegs waren als gewöhnlich.

Ein großer Vorteil war die Lage des einzig möglichen Tatortes.

Dieser Abschnitt der Ricklinger Kiesteiche wurde nur von einem kleinen Teil Erholungssuchender frequentiert. Und eine Tarnung als unscheinbarer Angler, die sich hier tagtäglich bewegten, würde ihn quasi unsichtbar machen. Auch auf seiner Flucht.

Inzwischen war es fast fünf Uhr geworden.

Um ihn herum erwachte die Natur und in der Ferne war ein Radler auszumachen, der vermutlich auf dem Weg zur Arbeit, die Abkürzung zwischen den westlich gelegenen Weiden nahm.

Jetzt sollte es nicht mehr lange dauern, bis sich eine

Schussmöglichkeit ergeben würde. Und das war auch gut so: Mit zunehmender Wartezeit erhöhte sich die nun deutlich spürbare Unruhe.

Plötzlich war eine Bewegung auszumachen und ein Körper wurde sichtbar. Endlich!

Ohne Zögern legte er an, konzentrierte sich auf die Atmung ... und drückte ab.

In dichten Reihen standen die Menschen am Straßenrand oder saßen auf den eigens aufgestellten Tribünen.

Das gute Wetter hatte wieder annähernd zweihunderttausend Schaulustige mobilisiert, die sich von der Sonne blenden ließen. Oder vielleicht auch von den Uniformen, deren traditionelle Zusammenstellung aber keinen Farbenrausch verursachte.

Der über zehn Kilometer lange Zug wurde am Morgen gegen zehn Uhr mit der Aufforderung: »Im Doublierschritt, Marsch« vom Oberbürgermeister am neuen Rathaus auf seine etwa drei Kilometer lange Reise geschickt. Das Ziel war der Schützenplatz, wo gerade noch die Schnapsleichen der vergangenen Nacht zur Seite geräumt wurden und zwischen Geisterbahn und Höllenblitz ein mauscheliges Plätzchen finden würden.

Hannovers Schützenausmarsch war der Größte weltweit.

Über zehntausend Teilnehmer in mehr oder weniger angetrunkenem Zustand schoben sich durch die Innenstadt und lachten und winkten, was die Muskulatur hergab. Die diversen Spielmannszüge sorgten für die richtige Stimmung unter den zirka siebzig Schützenvereinen, denen sich zahlreiche Trachten-und Handwerkergruppen angeschlossen hatten. Auch einige Mitglieder der Bundes- oder Kommunalpolitik, sowie weitere Prominente des Landes Niedersachsen, ließen sich das Spektakel nicht entgehen und marschierten mit. Ergänzt von diversen, aufwendig geschmückten Festwagen.

Der NDR sendet live und erklärte der Bevölkerung die richtige Handhaltung beim Trinken der traditionellen

Lüttje Lagen, ohne die hier gar nichts ging.

Wenn dann ein Spielmannszug *Die lustigen Hannoveraner* oder die *Schützenliesel* anspielte, brannte die Luft. Und spätestens beim Erklingen des *Niedersachsenliedes* drohte auch der Ballerkalle vom Fahnenmast zu stürzen.

Im letzten Viertel des Festumzugs bewegten sich die Mitglieder des Schützenvereins Döhren von 1903 e.V. in Richtung der Bruchmeisterallee, und wurden von den Kameras eingefangen. Die Zuschauer an den Fernsehgeräten sahen in fröhliche Gesichter, ahnten aber nicht, dass ein Vereinsangehöriger heute früh völlig unerwartet der Veranstaltung ferngeblieben war, und leblos mit einer erheblichen Kopfverletzung am Ufer der Leine im Treibgut festhing.

***

Richard Tackert fluchte leise vor sich hin.

Eigentlich war der Sonntag anderweitig verplant. Neben ihm saß sein Kollege Sven am Steuer und hatte offensichtlich keine Probleme mit dem verpatzten Wochenende.

»Ruft die Tochter ihre Mutter: Kannst du mir bitte mal den Waschlappen holen? – Antwortet die Mutter: Geht nicht! Der ist Zigaretten holen.«

Tackert verdrehte die Augen, wie fast immer, wenn Sven einen seiner merkwürdigen Witze zum Besten gab, die in den vergangenen Jahren meist nur wenig Erfolg zeigten.

»Da hinten an der Brücke müsste es sein«, antwortete er nur.

Sie befanden sich auf der Wilkenburger Straße und passierten gerade die Gebäude des Angelvereins. Östlich des Vereinsgeländes schlängelte sich die Leine durch die Masch, wo heute Morgen zwei Paddler den Leichnam eines Mannes entdeckt hatten. In einer leichten Biegung zwischen dichten Zweigen, die bis ins Wasser herabhingen, hatte sich Treibgut gesammelt, in dem sich der Körper verfangen hatte.

Der Bereich war schwer zugänglich, und als die beiden Kriminalbeamten die Fundstelle erreichten, war die Feuerwehr noch mit der Bergung beschäftigt.

Wenig später traf auch der Rechtsmediziner Dr. Schröder ein, den Tackert nicht ausstehen konnte.

»Hätte das nicht jemand anders übernehmen können?«, maulte Dr. Schröder lautstark. »Einmal im Jahr ist Schützenausmarsch. Und ausgerechnet dann wird man abgerufen.«

Weder Tackert noch Sven gingen auf die Bemerkung ein, und taten, als wären sie gerade in ein wichtiges Gespräch vertieft. Dreißig Minuten später erklärte der Mediziner, dass die Person aller Wahrscheinlichkeit nach erschlagen wurde und das dieses vermutlich zwei bis drei Tage zurückliegt. Genauere Ergebnisse sind aber nicht vor morgen zu erwarten.

Wenigstens konnte noch vor Ort die Identität geklärt werden, bevor der Leichnam abtransportiert wurde.

»Arne Bloch«, erklärte Nicola Kleinschmitt, die jüngste der fünf Personen umfassenden Ermittlergruppe.

Gemeinsam mit Sven und Richard Tackert saß sie in dessen Büro und fasste erste Erkenntnisse zusammen.

»Neununddreißig Jahre alt. Gemeldet in der Limmerstraße. Beamter bei der Stadt Hannover, arbeitete in der Ausländerbehörde. Geschieden. Keine Kinder. Keine Vorstrafen. Ist übrigens Mitglied im Döhrener Schützenverein. Und beim TUS Kleefeld. Fußball in der Alt-Herren Mannschaft. – Sonja und Jan sind mit ein paar Kollegen schon unterwegs zu seiner Wohnung.«

»Hat sich Schröder schon geäußert?«, wollte Tackert wissen.

»Ja. Aber nur die Kurzfassung. Wie es aussieht, wurde ihm der Schädel eingeschlagen. Vermutlich Freitag in den frühen Morgenstunden. – Die Kollegen haben übrigens an der Leine – nur gut hundert Meter vom Fundort der Leiche entfernt – ein Kleinkalibergewehr im Schilf gefunden. Und Angelzeug. Ist schon auf dem Weg in die KTU.«

»Ein Kleinkalibergewehr?«, wiederholte Tackert interessiert. »Hm. – Und eine Angelausrüstung? Ist bekannt, ob er eine Angelerlaubnis besaß?«

»Nein.«

»Dann versuch das zu klären, Nicola. – Hast du seine geschiedene Frau erreichen können?«

»Noch nicht. Dafür aber den Vorsitzenden des Döhrener Schützenvereins. Im Festzelt ... und scheinbar schon etwas angetrunken.« Nicola reichte Tackert die

Handynummer. »Sehr fraglich, ob das heute Sinn macht?«

Leise knurrend nahm Tackert die Notiz entgegen und machte sich missmutig auf den Weg zum Schützenplatz.

Er hasste Schützenfeste.

Jan und Sonja durchsuchten gemeinsam mit zwei uniformierten Kollegen die Wohnräume von Arne Bloch.

Die Drei-Zimmer-Wohnung befand sich am Ende der Limmerstraße in der ersten Etage eines Mehrfamilienhauses und machte einen persönlichen und sauberen Eindruck. Einige Accessoires und ausgesuchte Schwarzweiß-Fotografien erzählten von den Vorlieben des Wohnungsinhabers.

Als sich nach drei Stunden Durchsicht keine Auffälligkeiten erkennen ließen, beendeten sie die Begehung und nahmen, neben diversen persönlichen Unterlagen, ein Handy und einen Laptop mit, der im Kommissariat noch für einige Aufregung sorgen sollte.

Aber das ahnte natürlich noch niemand.

Tackert betrat den Festplatz durch das Gilde-Tor und versuchte zum dritten Mal, den Vereinsvorsitzenden telefonisch zu erreichen. Zum dritten Mal vergeblich. Der Anruf wurde einfach nicht entgegengenommen.

Er spürte, wie sein Blutdruck langsam in gesundheitsgefährdende Bereiche anstieg. Um sich zu beruhigen besorgte er sich eine Tüte Schmalzkuchen. Vor einem der Festzelte traf er auf eine Gruppe von Schützen, die aufgrund der Hitze die Kleiderordnung aufgehoben hatten. Im Vorbeigehen registrierte er vereinzelt gefährlich formulierte Angebote von Frauen und sabbernde, lallende Männer auf wackeligen Beinen.

Nicht ganz so vereinzelt.

Immerhin bekam er zur Antwort, dass sich die Döhrener Schützen eigentlich noch in der Festhalle Marris aufhalten müssten, wo der Oberbürgermeister vor wenigen Stunden mit dem Fassanstich das Schützenfest feierlich eröffnet hatte.

Aber dort erfuhr er, dass der Vereinsvorsitzende eher im Gaypeople-Zelt anzutreffen sei, wo in Kürze ein beliebter Künstler der Schlagerszene den Feierlustigen sein Repertoire um die Ohren hauen würde.

Schon mit dem ersten Blick war klar, dass das Fassungsvermögen des Zeltes mit tausendzweihundert Leuten annähernd erreicht war. Aber Tackert hatte Glück und stieß am Eingang auf einen der Bruchmeister, der ihn mit Henry Friedrich, dem ersten Vorsitzenden des Döhrener Schützenvereins, zusammenbringen konnte.

Das Gespräch verlief dann auch - wie zu erwarten war - äußerst anstrengend und brachte nichts ein.

Inzwischen war es fast zweiundzwanzig Uhr geworden und die fünf Ermittler trafen sich zu einer ersten Zusammenfassung.

»Wie es aussieht, ist Arne Bloch am Freitag in den frühen Morgenstunden erschlagen worden. Wo genau, steht noch nicht fest. Der Fundort ist jedenfalls nicht der Tatort. Über die Tatwaffe gibt es noch keine Erkenntnisse. Da wird die Obduktion hoffentlich Klarheit bringen. - Da sein Auto in der Wilkenburger Straße, Ecke Schwarzer Weg, abgestellt war, hat er vermutlich den südlichen Bereich der Kiesteiche aufgesucht. Warum oder mit welchem Ziel ist noch völlig unklar. Zum jetzigen Zeitpunkt sieht es so aus, als ob er neben einer dürftigen Angelausrüstung auch ein Kleinkalibergewehr mit sich führte. Da müssen wir aber noch das endgültige Ergebnis der KTU abwarten. Allerdings deutet einiges darauf hin. - Wie wir inzwischen wissen, vermisst der Döhrener Schützenverein eine solche Waffe, was gestern auch zur Anzeige gebracht wurde. Obwohl alle bisher befragten Vereinsmitglieder das für ausgeschlossen halten, liegt es doch nahe, dass Bloch die Waffe entwendet hat ... oder zumindest diese mit sich führte. Zu welchem Zweck ist unbekannt. In den letzten zwei Tagen gab es weder in der Stadt noch im nahen Umfeld einen passenden Vorfall. Arne Bloch wird, nach ersten Informationen aus seinem privaten Umfeld, sowie auch von Nachbarn, als sehr umgänglicher und angenehmer Mensch beschrieben. Beliebt trifft es wohl am ehesten. Wie die berufliche Situation aussah, werden wir erst morgen wissen.« Tackert machte eine kleine Pause und wandte sich an Jan. »Gibt es schon

Nennenswertes über das Handy und den Laptop?«

»Nein. Die Handydaten ergeben bisher nichts Auffälliges. Und in den Laptop sind wir noch nicht reingekommen. Die Festplatte ist verschlüsselt. Das kann noch etwas dauern«, erklärte Jan.

»Oder auch etwas länger«, schaltete sich Nicola ein, die als IT-Spezialistin eine besonders schwere Aufgabe am ehesten erwartete, nachdem einige Stunden erfolglos verstrichen waren.

»Ungewöhnlich abgesichert? - Wie lange wird das dauern? Was meinst du?«, wollte Tackert von Nicola wissen.

»Da er nicht nur die Festplatte verschlüsselt hat, sondern sich offensichtlich richtig Mühe beim Erstellen des Passwortes gegeben hat, wird das nicht so einfach zu knacken sein. - Vielleicht fünf Stunden, vielleicht aber auch fünf Jahre.«

»Was? Fünf Jahre?« Tackert seufzte. »Das meinst du nicht ernst, das mit den fünf Jahren, oder? - Habt ihr seine geschiedene Frau inzwischen erreichen können?«

»Ja. Die befindet sich auf dem Rückweg eines Kurzurlaubs und hängt irgendwo bei Kassel auf der Autobahn fest. Rechnet damit, dass sie nicht vor Mitternacht zu Hause ist. – Und ich meine das sehr ernst mit den fünf Jahren: Wenn das Passwort in der Art gewählt ist, wie ich befürchte, wird es richtig lange dauern und für die Ermittlungen unter Umständen uninteressant werden.«

»Gut - oder besser nicht gut«, leitete Tackert das Gesprächsende ein. »Dann stehen also morgen vorrangig Gespräche mit seiner Ex und seinen Arbeitskollegen an.«

Sonja war um zehn mit dem Stellenleiter der Behörde verabredet.

Außer ihm war eine Kollegin anwesend, mit der Arne Bloch seit Jahren eng zusammengearbeitet hat. Die Nachricht vom gewaltsamen Tod des Kollegen hatte natürlich bereits die Runde gemacht, denn die regionalen Zeitungen lieferten meist auf der ersten Seite entsprechende Schlagzeilen.

»Es ist unfassbar«, merkte der Stellenleiter an. »Herr Bloch war seit zwölf Jahren in der Abteilung. Und wir können eigentlich nur Gutes über ihn sagen. Pünktlich, verlässlich, beliebt. Auch beim Publikum.«

»Gab es nie Probleme mit Antragstellern?«

»Natürlich gab es hin und wieder Probleme, aber die waren in der Regel nicht schwerwiegend. Kleine Meinungsverschiedenheiten gehören hier sozusagen zur Tagesordnung. Das liegt in der Natur der Sache. Genau betrachtet gab es eigentlich in den letzten zwölf Monaten nur zwei nennenswerte Vorfälle, die aus dem Rahmen des Normalen fielen.«

»Und welche?«

»Da ist zum einen ein türkischer Antragsteller, dem zum wiederholten Male nur eine befristete Aufenthaltsgenehmigung für drei Monate ausgestellt werden konnte. Herr Yildiz ist Türsteher im Rotlichtviertel und es läuft seit Längerem ein Strafverfahren wegen Körperverletzung gegen ihn. Vor Ablauf des Verfahrens ist natürlich keine langfristige Regelung möglich. - Und dann haben wir noch eine Familie aus dem Kosovo, die im Zusammenhang mit einem Antrag auf Familienzusammenführung offensichtlich Urkundenfälschung begangen hat. Da wird es wohl zu einer Ablehnung kommen. In beiden Fällen gab es einige Streitereien, die auch etwas heftiger ausfielen.«

»Ich brauche eine Kopie der beiden Vorgänge, wenn das möglich ist? – Gab es in diesem Zusammenhang nur Streitereien, oder kam es auch zu konkreten Drohungen?«

»Drohungen? Na ja: Drohungen gab es schon. Aber inwieweit diese ernst zu nehmen sind, lässt sich nur schwer beurteilen. Ich persönlich sehe keine Veranlassung, die Äußerungen zu dramatisieren. – Man muss die Leute auch verstehen, wenn in einem ersten Anflug von Wut und Enttäuschung die falsche Wortwahl getroffen wird. – Zudem deutsch nicht ihre Muttersprache ist.«

»Können sie etwas über sein Privatleben sagen?«

»Ich persönlich weniger. Aber Frau Klöckner kannte ihn sehr gut. Deswegen habe ich sie auch dazu gebeten. - Ich lasse sie mal für einen Augenblick alleine und kümmere mich um die beiden Vorgänge.«

Sonja schätze Miriam Klöckner auf Mitte dreißig. Sie war dezent aber modisch gekleidet und hatte ihre langen dunklen Haare zu einem Pferdeschwanz zusammengebunden.

Noch ehe Sonja eine Frage stellen konnte, begann Miriam Klöckner zu erzählen. »Bevor sie es von anderer Seite hören: Arne und ich haben seit etwa einem Jahr eine Beziehung ... hatten. Das wird hier nicht so gerne gesehen, wenn Pärchen in derselben Abteilung arbeiten. Deswegen haben wir versucht, das vor den Kollegen zu verbergen. Aber einige werden es trotzdem mitgekriegt haben.«

Dann war ihre Vermutung richtig, dachte Sonja. Die Frau machte schon die ganze Zeit einen außergewöhnlich niedergeschlagenen Eindruck.

»Das tut mir leid, Frau Klöckner. – Können sie sich einen Grund vorstellen, wie es zu dieser schrecklichen Tragödie kommen konnte? Gab es konkrete Drohungen?«

»Ich habe keine Erklärung. Soweit ich weiß, hatte Arne weder Feinde noch Streit mit irgendjemandem. Dafür war er ein viel zu friedliebender Charakter.«

»Wissen sie, was er in der Nacht von Donnerstag auf Freitag vorhatte? Warum er sich an den Kiesteichen aufgehalten hat?«

»Nein. Das weiß ich nicht.«

»Wann haben sie ihn zuletzt gesehen?«

»Donnerstag. Wir waren abends essen. – Danach ist Arne in seine Wohnung gefahren, und ich bin auch nach Hause. Wir wohnen getrennt, wollten aber im Herbst zusammenziehen.«

»Waren sie für einen der folgenden Tage verabredet?«

»Ja. Aber erst am Sonntag. Ich habe Freitag und Samstag eine Freundin in Bremen besucht. Arne war wegen des Schützenausmarsches das ganze Wochenende verplant.«

»Was machte Herr Bloch in seiner Freizeit? Gab es besondere Hobbys? Ging er zum Beispiel angeln?«

»Angeln?«, schaute die Frau Sonja erstaunt an.

»Nein. - Fußball! Das ja. Er spielte ja selbst fast jedes Wochenende ... beim TUS Kleefeld. Und dann natürlich der Schützenverein. Aber angeln? – Nein. Bestimmt nicht.«

»Und außer Fußball und Schützenverein? Gab es besondere Vorlieben?«

»Nichts Besonderes.«

»Wie war das Verhältnis zu seiner geschiedenen Frau?«

»Schwierig. Aber das ist ja auch kein Wunder. Ich glaube, es gibt nur wenige Menschen, die mit ihrer radikal christlichen Art zurechtkommen. – Und mit den ganzen Verschwörungstheorien.«

»Ich verstehe nicht?«, gestand Sonja.

»Na ja«, erklärte Miriam Klöckner und tippte sich mehrmals mit dem Zeigefinger an die Schläfe. »Die tickt nicht ganz richtig.«

Das Gefühl hatte Tackert auch, der vor wenigen Augenblicken die Wohnung von Sigrid Rosenberg, die ihren Mädchennamen wieder angenommen hatte, betrat.

Als er sich vorstellte, wurde er ohne Begrüßung mit einer nervösen Bewegung geradezu in die Wohnung hineingezogen. Das erste, was er zu sehen bekam, waren verkleidete Wände und Decken. Sauber aneinander liegend waren hier Bahnen von Alufolie verbaut worden.

»Ich hab´s gewusst«, redete die Frau mit verschwörerischer Stimme auf ihn ein. »Ich habe ihn immer und immer wieder davor gewarnt. Aber er wollte ja nicht auf mich hören. Du spinnst ja, habe ich immer wieder nur zu hören gekriegt. Und ich sollte mich mal untersuchen lassen. Und jetzt: Jetzt ist es passiert. – Ich hab´s gewusst.- Diese Schweine!«

»Wovon sprechen sie, Frau Rosenberg? Ich verstehe kein Wort«, wagte Tackert eine vorsichtige Frage.

»Von den Angriffen. Was anfangs nur als organisierte Klimaänderung geplant war, haben sich menschenverachtende Organisationen zu Nutze gemacht und besprühen uns jetzt mit Giftstoffen. Polymeren, Mikroben und pharmazeutisch wirksame Substanzen, die unsere Felder unbrauchbar machen. Aber oberstes Ziel ist die Geburtenkontrolle. Da bin ich mir sicher.«

»Ich fürchte, ich kann ihnen nicht folgen«, wagte der Kommissar schüchtern eine erneute Zwischenbemerkung.

»Chemtrails! Kein Begriff? – Nein? Kein Wunder, dass unsere Polizei als unfähig gilt. Haben sie etwa noch nie die Muster am Himmel gesehen? Gitterförmig aufgebaute Muster? Sehen aus wie Kondensstreifen, die sich aber nur langsam auflösen. Ganz langsam, um sich wirkungsvoll und großflächig zu verteilen.«

»Ist deswegen ihre Wohnung komplett mit Alufolie ...«

»Ach was. Das ist gegen die Strahlung der angeblichen Satelliten. Die Islamisten haben haufenweise Objekte in die Umlaufbahn geschossen, um das Christentum zu vernichten. Die meisten Menschen glauben, das waren die Amis ... oder Russen. Oder auch die Europäer. Das ist aber falsch. Radikale Islamisten sind dafür verantwortlich. - Das osmanische Reich hat versagt. Und was in hunderten von Jahren anhand von Kriegen nicht erreicht wurde, soll jetzt durch Manipulation unserer Gehirne für

Veränderung sorgen. Aber wir wissen davon ... und verstehen uns zu schützen. – Kann ich ihnen vielleicht einen Shiva-Tee anbieten? Eine Oase für die innere Ruhe.«

»Danke, nein. - Frau Bloch. Eigentlich wollte ich ...«

»Rosenberg! - Rosenberg bitte. Den Namen Bloch habe ich begraben. Und eines muss ich ihnen noch sagen: Wenn sie oder jemand aus ihrem Freundeskreis mitten in der Familienplanung stecken sollte, muss sich die Frau unbedingt mittels eines Orgonit - Dildos schützen. Das bewirkt, dass Chemtrails oder auch schädlicher Elektrosmog unschädlich gemacht werden. Und ganz nebenbei wird die persönliche Aura vergrößert, was ja bekanntermaßen dazu führt, dass Pflanzenwachstum und Ernteerträge in einer bestimmten Reichweite verbessert werden. – Wollen sie wirklich keinen Tee? Vielleicht lieber einen Hanf-Tee?«

Hanf-Tee? - Tackert überlegte, ob er den Kollegen der Drogenfahndung einen Tipp geben sollte.

»Nein! – Frau Rosenberg, sehr freundlich. Eigentlich interessiert mich viel mehr, was für ein Mensch ihr ... äh ... Ex-Mann war? Wie würden sie ihn beschreiben?«

»Als verlorenes Schaf. - Als bedauernswertes, verlorenes Schaf. Dabei hatten ihn seine Eltern christlich erzogen, müssen sie wissen. Aber irgendwann fühle er sich zum Satan hingezogen und auch ich habe jeden Einfluss verloren. Er ist mir quasi entglitten. Und Schuld daran sind die verfluchten Weiber und die Orakel.«

»Orakel?«

»Die Zeichen. – Überall Zeichen an den Wänden. Man muss sie natürlich deuten können. Satanistische Zeichen.

An Hauswänden. Im Fahrstuhl. Auf Friedhöfen. Überall. – Einfach überall.« In schneller Folge bekreuzigte sich die Frau dreimal. »Möge der Allmächtige mir die Kraft geben, diesen Versuchungen jederzeit zu widerstehen.«

»Das hoffe ich auch ... Was meinten sie gerade mit den verfluchten Weibern? Gab es Frauengeschichten?«

»Natürlich gab es die. Was glauben sie? Er hat das zwar immer bestritten, aber ich habe es in seinen Gedanken gelesen. – Das Schwein. Vielleicht hatten ihn aber auch die Satelliten schon verseucht.« Sie starrte auf einen imaginären Punkt an der gegenüberliegenden Wand.

»Er wollte sich ja nie schützen ... Wie wäre es jetzt mit einem Shiva-Tee? Oder einem Hanf-Tee?«

»Das ist wirklich nett ... aber nein.«

Tackert hatte genug gehört. Er war sich nicht sicher, ob hier Mitleid ausreichte, oder die Frau eine Gefahr für die öffentliche Ordnung darstellte? Auf jeden Fall würde er nachher ein Telefonat mit dem medizinischen Dienst führen.

Von dieser Seite waren also keine Informationen über Arne Bloch zu erwarten. Hoffentlich hatte Sonja mehr Glück.

Es gab nur sehr wenige, die eine genauere Vorstellung davon hatten, warum Arne Bloch getötet worden sein könnte. Aber von wem, war auch ihnen völlig unklar.

Zwei von den betreffenden Personen befanden sich gerade in einem kostspielig eingerichteten Konferenzraum, in dem insgesamt zwölf Personen mit unvorstellbaren Zahlen jonglierten.

Alle Anwesenden erfuhren vom Tod Arne Blochs aus den Medien und nahmen die Nachricht mit einer gewissen Gelassenheit auf. Mit Ausnahme der zwei Personen, die sich zwar nichts anmerken ließen, aber erschüttert waren.

Was war da schiefgelaufen?

Sowas hätte nicht passieren dürfen.

Hoffentlich konnte wenigstens das Problem beseitigt werden, das von immenser Bedeutung war, um den Weg für letzte Planungen frei zu machen.

Die im großen Umfang allgemein vorhandene Skepsis der letzten Wochen musste verschwinden. Endgültig. - Gut. Ein wenig Wirbel würde es noch geben. Aber in einem halben Jahr wird sich alles beruhigt haben und dem Projekt sollte nichts mehr im Weg stehen, waren sie der Überzeugung.

Allerdings sahen sie erhebliche Probleme, sollte geklärt werden, aus welchem Grund Arne Bloch diesen besonderen Ort aufgesucht hatte. Und beide befürchteten, dass es unter Umständen nur eine Frage der Zeit war, bis die Ermittlungen die Zusammenhänge aufzeigten. Und das käme einer Katastrophe gleich.

Die Wahrheit würde eine Kettenreaktion auslösen, die

das Projekt zum Einsturz bringen könnte, wenn alle Hintergründe aufgedeckt würden.

Aber wenigstens würde keine Spur zu ihnen führen. Das war so gut wie unmöglich. Und selbst wenn, gäbe es nicht einen einzigen Beweis, der sie belasten könnte.

***

Mehrere Anwohner und ein Spaziergänger glaubten, am Freitag in den frühen Morgenstunden gegen fünf Uhr einen Schuss gehört zu haben. Und das konnte letzten Endes auch die Untersuchung der KTU bestätigen. Mit der sichergestellten Waffe wurde ein Schuss abgegeben.

Unklar war aber dabei, in welchem Teilbereich der Ricklinger Kiesteiche das Gewehr abgefeuert wurde. Festhalten ließ sich nur, dass die Fundstelle der Leiche nicht in diesen Bereich fiel. Der Schuss musste also an anderer Stelle ausgelöst worden sein.

Der ersten vorsichtigen Einschätzung der Rechtsmedizin zur Folge wurde der Todeszeitpunkt auf Freitag zwischen fünf und sieben Uhr festgelegt. Das Opfer erlag vermutlich der schweren Kopfverletzung, die durch einen einzigen heftigen Schlag auf den Hinterkopf verursacht wurden. Als Tatwaffe kam eine Eisenstange in Frage, vermutlich ein Absperrhalter oder ähnliches.

Eine Analyse von Rostpartikeln an der Kopfwunde bestätigte diese Vermutung.

Von der Tatwaffe fehlte aber jede Spur. Der Fundort

wurde intensiv abgesucht. Ohne Erfolg. Genauso erfolglos endete die Untersuchung des PKW.

Im Fahrzeug fanden die Ermittler zwar haufenweise Spuren, aber nichts, was zum jetzigen Zeitpunkt in irgendeiner Art Rückschlüsse zuließ.

»Wir müssen den Tatort finden«, resümierte Jan. »Und klären, wo er sich genau aufgehalten hat.«

»Und zu welchem Zweck er eine Waffe mit sich führte«, ergänzte Sonja. »Auf wen er geschossen hat? Was sicherlich ausschlaggebend für den Ablauf der folgenden Stunden war?«

»Durchaus denkbar, dass das ausschlaggebend war. Aber es ist zu früh, um einen Zusammenhang vorauszusetzen.« Wie immer wollte Tackert nichts überstürzen. »Auf jeden Fall lässt sich festhalten, dass er nicht vorhatte zu angeln. Das bisschen Angelzeug – das im Übrigen nagelneu war, - sollte wohl genau diesen Eindruck erwecken, falls ihm Leute begegnen. Und das weckt bei mir die Hoffnung, dass er sich in einem Bereich aufgehalten hat, von dem er voraussetzte, dass ihm Spaziergänger begegnen werden. Vielleicht nicht übermäßig viele, dafür war es ja noch zu früh am Morgen, aber doch wenigstens Jogger oder Leute auf dem Weg zur Arbeit. Einen anderen Grund kann ich mir im Moment nicht vorstellen. Warum sollte er sich sonst mit dem ganzen Zeug belasten?«

»Wissen wir, wann die Waffe gestohlen wurde?«, fragte Nicola.

»Am Dienstagabend hat der Waffenwart die Waffe eingeschlossen. Freitagnachmittag ist der Verlust bemerkt worden«, informierte Jan die Kollegen. »Also muss sie irgendwann in diesem Zeitraum entwendet worden sein. Leider gibt es noch keine Anhaltspunkte, die auf den Täter hinweisen. Es sind zwar Einbruchspuren vorhanden, die haben aber bislang kein Ergebnis gebracht.«

»Und es gibt keine Meldung über eine ungeklärte Schussverletzung?«, fragte Sven. »Oder eine Schussverletzung mit unglaubwürdigem Erklärungsversuch?«

»Nein«, antwortete Sonja. »Da ist nichts bekannt.«

»Noch was anderes: Kann jemand später den Termin mit den Alt-Herren vom TUS-Kleefeld übernehmen?«, bat Richard Tackert. »Heute Abend passt es mir schlecht.«

»Okay«, kam es von Sven nach kurzem Zögern. »Alt-Herren ist zwar nicht ganz meins, aber ich kann das übernehmen.«

»Aber benimm dich«, lachte Nicola. »Nicht dass uns Jens am Ende Vorhaltungen macht, wir seinen Schuld ...«

»Aber gucken darf ich, ja Mutti?«

»Aber nur gucken. – Nichts anfassen«, konterte Nicola.

Alle lachten – selbst Tackert – und Sven war ein weiteres Mal dankbar, dass hier niemand Probleme mit seiner Homosexualität hatte. Das war ... auch heutzutage ... leider nicht selbstverständlich.

Mit zunehmender Sorge verfolgte sie die Veränderungen, die nicht mehr zu übersehen waren. In den letzten Tagen war ihr Mann ein Anderer geworden.

Anfangs dachte sie, dass sich vielleicht eine kleine Erkrankung anbahnt. Oder er Ärger auf der Arbeit hat.

Aber mittlerweile war sie sich sicher, dass die Ursache von größerem Gewicht war.

Als ob ihn eine schreckliche Diagnose erwartet. Aber was sollte das sein?

Es gab in den letzten Monaten nicht das kleinste Anzeichen für eine ernste Erkrankung. Andererseits hat er heute Morgen ihren Hausarzt aufgesucht, was lange nicht vorgekommen war. Und der hat ihn gleich zehn Tage krankgeschrieben. Angeblich wegen eines Magengeschwürs. - Quatsch. Aber irgendetwas Schlimmes musste vorgefallen sein.

Das Wochenende hatte er sich eigentlich für sein Hobby freigehalten, wobei sie ihn dieses Mal sogar begleiten wollte, was sie nur selten tat. Sie wusste, wie groß seine Leidenschaft für dieses Thema war. - Es war ja auch spannend. Ganz besonders jetzt, wegen der unglaublichen Entwicklung, die niemand für möglich gehalten hatte, und neben zahlreichen erfreuten Kommentaren von unterschiedlicher Seite, sogar den Weg bis in die Politik gefunden hat.

Er hat sich so sehr auf das Wochenende gefreut. Tagelang gab es kein anderes Thema. Sie spürte ganz genau, dass es einen gewichtigen Grund für seine Ängste geben musste, die sich ganz besonders nachts äußerten.

Sie nahm sich vor, ihn mit allen Mitteln zu überzeugen, sich zu offenbaren. Das sollte – besonders nach zwanzig harmonischen gemeinsamen Jahren – das Mindeste sein. Vielleicht konnte sie ihm ja helfen? – Was für eine Frage ...? - Natürlich konnte sie das!

Sven hatte sich der Runde, die sich nach dem Training um einen großen Tisch auf der Außenterrasse niedergelassen hatte, angeschlossen. Und was er zu hören bekam, hatte er nicht erwartet.

»Arne war schon fast ein halbes Jahr nicht mehr hier. Nicht beim Training, und auch zu keinem Spiel«, erklärte ein Mann, der sich als Fred Henning und Spielführer der Truppe vorstellte. »Angeblich wegen muskulärer Probleme. - Aber der hatte keinen Bock mehr. Das wusste jeder hier.«

»Aber er war doch noch aktives Mitglied, oder?«, wollte Sven wissen.

»Das schon«, entgegnete ein anderer. »Aber wenn man es richtig betrachtet, hatte er seit mehr als einem Jahr kein Interesse mehr am Kicken. Der passte auch irgendwie nicht in die Mannschaft. Ist nach jedem Spiel sofort verschwunden. Hat hier nur wenig Kontakt gefunden. Oder gesucht. Und nichts dafür getan, etwas zu ändern. War ein komischer Typ.«

Sven war erstaunt.

Das passte so gar nicht zu dem, wie Arne Bloch bisher von allen Seiten beschrieben wurde.

Und hatte seine Freundin nicht gesagt, dass er fast jedes Wochenende Fußball spiele?

»Er war ja auch im Schützenverein. Und die Termine beider Vereine unter einen Hut zu kriegen, ist gar nicht so einfach«, schaltete sich ein Dritter ein. »Was ist denn eigentlich genau passiert?«

»Zum jetzigen Stand der Ermittlungen gehen wir davon aus, dass er ermordet wurde. Und mehr kann ich ihnen dazu auch nicht sagen. - Kennt jemand von ihnen Details aus seinem Privatleben?«

Alle verneinten.

»Hatte er ernsthaften Streit mit jemanden hier im Verein?«

Der Spielführer meldete sich wieder zu Wort: »Nein. Er war ja auch nicht streitsüchtig. Eher desinteressiert.«

Eine halbe Stunde später machte sich Sven auf den Weg. Viel Verwertbares nahm er nicht mit. Das einzig Interessante war, dass Arne Bloch scheinbar nicht von allen Seiten die gleichen Sympathien entgegengebracht worden sind. - Aber das war nicht wirklich überraschend. Überraschend war aber, dass er seine Freundin im Glauben ließ, dass er an den Wochenenden Fußball spiele.

Zur gleichen Zeit packte der pensionierte Gymnasiallehrer Heinrich Nettel seine Ausrüstung zusammen. Irgendetwas stimmte hier nicht. Heute war der vierte Tag in Folge, den er enttäuscht nach mehreren Stunden vergeblichen Wartens abbrach.

Anfangs fand er das nicht ungewöhnlich. Aber so langsam überkam ihn ein ungutes Gefühl. Ein oder zwei Tage waren zu erklären, aber vier? Natürlich waren verschiedene plausible Erklärungen möglich, aber daran mochte er nicht glauben. - Nein. Nach allem, was er in letzter Zeit beobachtet hatte, musste etwas passiert sein.

Oder war es zu früh, das Schlimmste zu befürchten? Vielleicht gab es doch eine einfache Erklärung und seine

Fantasie spielte verrückt? Wenn er jetzt schon Alarm schlug, machte er sich am Ende noch lächerlich. Und das wäre zu peinlich.

Nachdem er alles zusammengeräumt hatte und sein Fahrrad bestieg, traf er eine Entscheidung.

Drei Tage würde er noch abwarten. Aber sollten diese drei Tage wieder erfolglos verlaufen, musste etwas unternommen werden. Dann musste er Gewissheit haben.

Zum zweiten Mal innerhalb von sechsunddreißig Stunden durchschritt Tackert das Gilde-Tor. Dieses Mal gemeinsam mit Elisa, der er seit über einem Jahr alle Gefühle schenkte, zu denen er fähig war. Und einzig und allein aus diesem Grund hatte er einem Schützenfestbesuch zugestimmt. – Was er spätestens in diesem Augenblick bereute.

Schon seit der Kindheit hatte er eine ausgeprägte Aversion gegen Schützenfeste. Wo die Ursache zu finden war, hatte er bis heute nicht festmachen können.

»Achterbahn oder Riesenrad?«, trällerte Elisa vergnügt.

Das fängt ja gut an, dachte Tackert, antwortete aber. »Achterbahn vertrag ich nicht. Da muss ich garantiert spucken. Wollen wir nicht erst mal ein Bier trinken?«

»Aber nachher will ich noch ein paar Karussells ausprobieren«, beschloss Elisa. »Ich war seit Jahren nicht mehr auf dem Schützenfest.«

Elisa hatte ihren Arm bei Tackert untergehakt und beide mussten immer wieder den zahlreichen Besuchern ausweichen, die sich zwischen den Fahrgeschäften drängelten. Eine Kulisse aus fröhlichem Liedgut, Stimmengewirr und elektronischen Geräuschen begleitete sie.

»Alt-Hanovera«, jauchzte Elisa, als sie das Zelt entdeckte und schob Tackert schnurstracks dem Eingang entgegen.

»Miese Luft, überhöhte Preise und lange Wartezeiten«, murmelte Tackert genervt vor sich hin. »Und Malle-Musik. Schlimmer geht's nicht.«

»Hast du was gesagt, Richard?«, fragte Elisa, die wegen des aufkommenden Lärms nichts verstanden hatte oder nichts verstehen wollte.

»Ganz schön voll hier«, brüllte Tackert ihr ins Gesicht und versuchte, das Pferd auf dem Flur zu übertönen. »Vielleicht ist es woanders angenehmer.« Diesmal schob Tackert Elisa, und zwar zurück. Er konnte sich daran erinnern, dass das Gaypeople-Zelt nur ein paar Schritte um die Kurve lag.

Und dort war es tatsächlich nicht nur leiser, sondern auch leerer.

Hier stand gerade eine Frau auf der Bühne, die keine war, und hauchte mit erotischer Stimme und einigen falschen Tönen Chansons von Edith Piaf ins Publikum. Dabei bewegte sie sich verführerisch und entblößte wie unbeabsichtigt immer wieder mal ein langes schlankes Bein.

Sie fanden zwei freie Plätze und bestellten ihre Getränke. »Sympathische Show, findest du nicht?«, konnte Tackert in normaler Lautstärke fragen. Elisa nickte zustimmend.

Wenig später tippte jemand Tackert auf die Schulter. Als er sich umschaute, standen Sven und sein Mann Jens neben ihm. »Das hätte ich ja nun nicht erwartet, euch hier zu treffen«, freute sich Sven.

Die beiden Neuankömmlinge gesellten sich zu ihnen, und eine neue Runde wurde bestellt. Und dann noch eine.

Irgendwann später schwebte ein zirka fünfundzwanzigjähriger Mann mit mächtigem Hüftschwung auf sie zu, den Sven und Jens als gute Freundin vorstellten. Tackert und Elisa wollten erst nicht glauben, dass es sich um die gleiche Person handelt, die eben noch auf der Bühne in einem Federboa-Kleid die Piaf gegeben hatte.

Gegen Mitternacht wurde es richtig leer im Zelt. Und auch die kleine Runde aus fünf Personen löste sich auf. Erfreut nahm Tackert wahr, dass mittlerweile alle Fahrgeschäfte ihre Tätigkeit eingestellt hatten. »Schade«, sagte er zu Elisa. »Jetzt sind wir gar nicht mehr dazu gekommen, Karussell zu fahren.« Zum Trost schenkte er ihr sein schönstes Geisterbahn-Lächeln.

»Haben wir schon die Verbindungsnachweise vom Provider?«, erkundigte sich Tackert am nächsten Morgen bei Jan.

»Nein. So schnell geht das nicht.«

»Das Passwort schon geknackt?«

»Machst du Witze? Weißt du, wie lange es dauert, eine Festplatte zu entschlüsseln? Darauf solltest du keinesfalls warten.«

»Von Dr. Schröder was gehört?«

»Noch nicht.«

Tackert ging in sein Büro und fuhr den PC hoch. Er hatte vor, sich ausgiebig mit dem Gebiet der Ricklinger Kiesteiche zu beschäftigen. Der nördliche Teil mit dem Dreiecks- und Ricklinger Teich war ihm bestens bekannt. Aber der südliche Bereich, wo der Charakter einer Auenlandschaft das Bild prägte, war ihm nur zu Teilen geläufig.

Über Jahrhunderte wurde im gesamten Gebiet Kiesabbau betrieben. Wegen der im Auelehm vorhandenen Tonmineralen, die zur Herstellung von Tonziegeln nötig waren, wurden auch diese gefördert. Immer wieder entstanden so durch den Aushub größere Löcher im Boden.

Erst Ende der sechziger Jahre wurden die Arbeiten eingestellt, die Natur zurückgeführt und eine Erholungs- und Naturlandschaft geschaffen. Größere und kleinere Teiche mit oftmals schilfbewachsenen Uferbereichen bieten beste Voraussetzungen für eine vielfältige Flora und Fauna. Es entstand in weiten Teilen ein Rückzugsgebiet für zahlreiche Tier- und Pflanzenarten. Nicht zuletzt wegen eines sinnvoll und naturschonend angelegten Wegenetzes für Fußgänger und Radfahrer.

Ein kleiner Teil der Flächen blieb im Privatbesitz von Angel- und Kleingärtnervereinen und sind bis heute nur eingeschränkt oder gar nicht zugänglich.

Das ganze Gebiet umfasst viereinhalb Quadratkilometer und endet im Süden kurz vor dem Dorf Harkenbleck.

Tackert starrte fast eine Stunde lang auf dem Bildschirm, bis sich langsam eine Idee entwickelte. Auch wenn es etwas sinnlos erschien ... einen Versuch war es wert.

Morgen früh würde er um vier aufbrechen, und den südlichen Bereich der Teiche mit dem Fahrrad abfahren. Mal sehen, wer sich zu dieser Uhrzeit in diesem Gebiet bewegt. Und was er an Impulsen aufnehmen kann.

Gegen Mittag erschienen Sven und Nicola, die die Familie aus dem Kosovo aufgesucht hatten, und mussten berichten, dass dem Antrag bereits acht Tage nach Antragstellung stattgegeben wurde. - Aller Ärger beruhte auf einem Missverständnis. Allerdings hatte man bei der Behörde versäumt, einen entsprechenden Vermerk zu machen.

»Bleibt vorerst nur Murat Yildiz?«, zweifelte Nicola. »Was überhaupt keinen Sinn machen würde. Der Tod von Arne Bloch würde an seiner Situation nichts ändern. Dann würde ein anderer Sachbearbeiter die gleiche Entscheidung treffen.«

»Und damit hast du vollkommen recht«, bestätigte Tackert. »Ich sehe da auch kein Motiv. Und zwar genau aus diesem Grund.«

»Mich würde interessieren, warum er der Klöckner erzählt hat, dass er samstags nach wie vor Fußball spielt?«, schaltete Sven sich ein. »Und warum er scheinbar überall Sympathien wecken konnte ... nur bei den Kickern nicht?«

»Vielleicht wollte er sich nur einen Freiraum schaffen?«, rätselte Nicola. »Vielleicht hat ihn die Frau zu sehr vereinnahmt.«

»Dauerhaft über mehrere Monate?«, zweifelte Sven. »Dann beende ich doch lieber die Beziehung.«

»Vielleicht aber nicht, wenn eine weniger richtige Partnerin besser ist, als gar keine.«

»Wir sollten uns mehr auf den Fundort konzentrieren«, unterbrach Tackert. »Arne Bloch lag zwei Tage in der Leine. Zwei lange Sommertage, an denen zahlreiche Spaziergänger unterwegs waren. Auch auf den Wegen, die direkt am Wasser entlangführen. Wäre er abgetrieben worden, hätte ihn garantiert jemand entdeckt. Also ist er vermutlich in unmittelbarer Nähe des Fundortes im Fluss abgelegt worden, wo sich der Leichnam schnell verfangen hat. Außerdem bin ich der Überzeugung, dass sich der Tatort in einem gewissen Umkreis befinden muss. Ich beabsichtige, mit Hilfe einer Anzahl uniformierter Kollegen, das Gelände nochmal weiträumiger absuchen zu lassen. Es müssen noch irgendwo Spuren vorhanden sein, oder, im glücklisten Fall, lässt sich die Tatwaffe finden.«

»Wann?«, fragte Sven.

»Morgen Vormittag.«

Tackert verbrachte die nächsten Stunden mit Recherchen, als plötzlich die Tür aufgerissen wurde und Dr. Schröder vor ihm stand. »Ich muss mich entschuldigen, Richard. - Aber du weißt ja selbst, dass das mit den

Wasserleichen so eine Sache ist. Auch wenn es nur zwei Tage waren. Und die ersten Untersuchungen haben ja keinen Verdacht aufkommen lassen.« Der Mediziner blickte den Kommissar triumphierend an, als wäre er gerade die hundert Meter unter zehn Sekunden gelaufen.

»Und was ist jetzt?«, fragte Tackert ungehalten.

»Die Todesursache war nicht die Kopfverletzung.«

»Sondern?«

»Er würde erwürgt. Der Kehlkopfbruch war nicht so leicht auszumachen, und ist mir leider erst etwas später aufgefallen.«

Tackert glotze den Mediziner an. Damit hatte er natürlich nicht im Entferntesten gerechnet. »Das heißt, er wurde erst fast erschlagen und dann zusätzlich erwürgt?«

»Nicht ganz. Der Hieb mit der Eisenstange, die übrigens ziemlich genau vier Zentimeter Durchmesser haben muss, hatte nur zur Folge, dass er bewusstlos wurde. Aus dieser Bewusstlosigkeit ist er aber nach kurzer Zeit erwacht. War aber vermutlich sehr benommen. Der Schlag traf ihn hauptsächlich im Schulterbereich. Der Hinterkopf wurde nur im geringen Maße verletzt ... auch wenn der äußere Eindruck Anderes vermuten lässt. - Zwanzig bis dreißig Minuten später wurde er dann erwürgt. Und das war auch die Todesursache.«

»Von ein und derselben Person?«

»Woher soll ich das wissen? Das ist ja wohl deine Aufgabe, das zu klären.«

Tackert ging auf die Bemerkung nicht ein. »Und zwischen dem Schlag und dem Erstickungstod lagen zwanzig bis dreißig Minuten? – Kannst du das wirklich so genau feststellen?«

»Ja, das kann ich.«

»Und wie?«

»Das ist nur schwer jemandem zu erklären, der nicht über ein breites Wissen aus den Bereichen Medizin, Chemie und Mathematik verfügt.« Damit machte Dr. Schröder kehrt und verließ den Raum.

Mathematik? - Was für ein Idiot, dachte Tackert, nicht zum ersten Mal in den letzten Jahren. Was für ein arrogantes Arschloch. Aber ein unglaublich fähiges Arschloch, wie er zugeben musste.

Das schafft natürlich eine neue Situation, was die Sache nicht gerade einfacher macht. - Verdammt!

***

Zehn Minuten vor fünf war Sonnenaufgang. Das Licht flimmerte in der feuchten Luft und zauberte eine Atmosphäre, wie geschaffen für die Kulisse einer Fantasy-Szene. Die Natur zeigte sich in einer nahezu mystischen Hülle. Dazu die Geräusche, die Tackert nicht bestimmen konnte. Er hörte Laute, die ihm vollkommen fremd waren. Zumindest, wenn nicht gerade ein Zug über die Bahnstrecke rumpelte, die etwa achthundert Meter entfernt verlief.

Mitunter war es so still um ihn herum, dass er das Geräusch der sich drehenden Fahrradreifen als störend empfand. Er sah allerlei Tiere, die entweder gerade aktiv wurden oder sich auf den Heimweg machten.

In den vergangenen vierzig Minuten war er nur sehr wenigen Menschen begegnet. Er zählte vier Radfahrer, die allem Anschein nach auf dem Weg zur Arbeit waren. Ein Fotograf hatte sich an einem der Seen postiert und war auf der Suche nach einem spannenden Motiv. Zwei Männer mittleren Alters warfen an der Leine ihre Angel aus. Und ein junges Pärchen hatte wohl den letzten Bus verpasst und schlenderte, Arm in Arm, an einer Schafweide vorbei, Richtung Hemmingen.

Eine dreiviertel Stunde später kam Leben in die Szenerie. Und nach weiteren zwanzig Minuten erschienen die Jogger.

Dann sind die Aussagen, dass einige – auch entfernt wohnende Leute - einen Schuss gehört haben wollen, sicher zutreffend, überlegte er. Und scheinbar gibt es zu dieser frühen Stunde nur wenig Bewegung an den südlich gelegenen Kiesteichen. Das würde erklären, warum sich bisher niemand gemeldet hat, dem Arne Bloch am Freitagmorgen begegnet war.

Tackert machte sich auf den Weg zurück ins Präsidium. Er überquerte die Wilkenburger Straße und fuhr an den Kleingärten entlang. Hinter einer Abzweigung erblickte er einen Obdachlosen, der mit einem Rucksack und einem Marktroller auf eine Bank zusteuerte, auf der er schwerfällig Platz nahm. - Ein Leben im Marktroller verstaut, dachte Tackert. Scheiße!

»Bonjour, Monsieur«, grüßte der Mann mit einem schiefen Lächeln, als Tackert ihn gerade passierte. »Ich wünsche einen wunderschönen guten Morgen.«

»Das wünsche ich ihnen auch«, entgegnete Tackert und hielt an. »Ich hoffe, alles ist in Ordnung?«

»Qui. Très bien«, kam die Antwort. »Merci, Monsieur.«

Tackert musste lächeln. Das ist vermutlich seine Masche, um hin und wieder ein Gespräch in Gang zu schieben. Er schätzte sein Alter auf Ende vierzig und ihm fielen die Augen auf, die für einen Menschen aus dem Obdachlosenmilieu erstaunlich lebhaft wirkten. Der Mann kramte einen Apfel und ein Taschenmesser aus seinem Rucksack und fragte: »Journalist oder Bulle?«

»Bulle«, antwortete Tackert etwas irritiert. »Ist das so offensichtlich?«

»Wenn sich in den letzten Tagen jemand auf ein Gespräch einlässt, dann meist nur aus diesen beiden Berufsgruppen. Und wie ein Zeitungsfritze sehen sie nicht aus. - Nach dem Mord hier in der Nähe bin ich scheinbar interessant geworden. Was vorher nicht unbedingt der Fall war.«

»Interessant, weil sie oft hier anzutreffen sind?«

»Qui.«

»Und alle fragen, ob sie etwas beobachtet haben, richtig?«

»Qui.«

»Und? – Haben sie?«

»Peut-être, Monsieur le Commissaire ... « Er schnitt ein Stück vom Apfel ab und schob es in den Mund. »Weil sie so freundlich sind, einen Gruß zu erwidern, und nicht nur wegschauen. – Also: Exklusiv für sie: Beobachtet habe ich was. Weiß aber nicht, ob interessant«, erklärte er kauend und war dabei kaum zu verstehen.

»Und was?«

»Ein Mann, der einen anderen Mann beobachtet hat.«

»Wann?« Tackert wurde neugierig. »Und wo?«

»Freitag nach Sonnenaufgang. Hinter dem Döhrener Teich.«

Sollte es tatsächlich möglich sein, das der Mann sowohl den Täter, wie auch das Opfer gesehen hat?

»Können sie die Personen beschreiben?«

»Nur den einen ein bisschen ...«, kam weiter schmatzend eine kaum zu verstehende Antwort.

»Den Beobachter? – Oder den Anderen?«

»Den Beobachter.«

»Und wie sah er aus?«

»Normal.«

»Was heißt das?- Normal?«

»Wie jemand mit Arbeit und einer Wohnung.«

»Und die Kleidung? Die Größe? Haarfarbe? Hatte er etwas dabei?«

»So genau habe ich nicht drauf geachtet. – Pardon. Ich weiß nur, dass er einen Hut aufhatte. So ein Cap. Und ganz in grün gekleidet war. - Dunkelgrün. Wie zur Jagd. Hose grün, grüne Weste und grüner Hut.«

»Wie zur Jagd? – Aber nicht mit einer Waffe, oder?«

»Nein.- Aber mit Fernglas.«

»Mit Fernglas? - Und das war ganz sicher am Freitagmorgen?«

»Qui. – Fünfzehn Minuten, bevor der Schuss fiel.«

»Und sie sind sich sicher, dass der eine Mann den anderen beobachtet hat?«

»Mon Dieu! Ich bin zwar obdachlos, aber nicht dämlich«, sagte der Mann mit ernster Miene. »Und ich habe auch nicht vor, meinen Verstand zu versaufen. Ich will spätestens im nächsten Jahr wieder ein normales Leben führen.«

»So war das nicht gemeint«, versuchte Tackert eine Entschuldigung. »Aber es wäre wichtig, das genau zu wissen.«

»Na.- Jetzt wissen sie es genau«, kam die Antwort, fast ein bisschen beleidigt.

»Kam der Schuss aus der Richtung, wo sie die beiden Personen gesehen hatten?«

»Qui. So ungefähr wenigstens.«

»Wie groß war die Entfernung zwischen den beiden?«

»Dreißig, vielleicht vierzig Meter.«

»Wo haben sich die Personen genau aufgehalten?«

»Direkt am Wasser, der Eine. - Hat geangelt.«

»Und der Andere?«

»Hinter einem Baum.«

»Der am Baum ... wie alt war der ungefähr?«

»Vierzig? – Ja, um die vierzig ...«

»Hm. - Ist ihnen an diesem Morgen noch etwas anderes aufgefallen? Vielleicht im Bereich der Leine?«

»Wegen des Toten dort? - Non. Sonst ist mir nichts aufgefallen.«

»Wo kann ich sie erreichen? Nur für den Fall, dass sich noch Fragen ergeben?«

»Ein paar Tage werde ich vielleicht noch an den Kiesteichen bleiben. Danach? – Hier und da.«

»Können sie mir bitte den genauen Ort zeigen, an dem

sie die beiden gesehen haben?«

»Bien sûr, Monsieur. Maintenant?«

»Ja, bitte. Jetzt gleich. - Wie heißen sie eigentlich?«

»Thomas Palme.- Aber die meisten nennen mich nur: Franzose.«

Natürlich, dachte Tackert. Wie auch sonst?

Sie begannen mit der Suche - nicht wie ursprünglich geplant – am Fundort der Leiche, sondern in dem Bereich, zu dem der Obdachlose Tackert geführt hatte.

Das Gebiet direkt am Teich war zum Teil nur schwer zugänglich. Vereinzelt führten Trampelpfade zum Ufer hin, die aber manchmal plötzlich unbegehbar wurden. Aber wenigstens war der Aufwand erfolgreich. Kollegen der Technischen Abteilung fanden in Ufernähe ein Projektil und zwei Stunden später entdeckte ein uniformierter Kollege eine Eisenstange, die durchaus die Tatwaffe sein konnte.

»Trotzdem bleibt die Frage, warum Bloch ein Gewehr dabei hatte? - Und das offensichtlich auch benutzte.« Tackert saß mit Sven und Sonja in seinem Büro bei einer Tasse Kaffee. »Und vor allem: Wer war der zweite Mann? Was hatte er da zu dieser Stunde verloren? Hat er Bloch aufgelauert? Ihn bewusst beobachtet?«

»Vielleicht war er Blochs Ziel?«, rätselte Sven. »Bloch hat ihn verfehlt und später eins über den Schädel bekommen?«

»Oder andersrum«, mutmaßte Sonja. »Er hat eins über den Schädel bekommen, nachdem er auf eine dritte, ebenfalls anwesende, unbekannte Person geschossen hat.«

»Viel entscheidender ist die Frage: Ist der Benutzter der Eisenstange identisch mit dem Täter, der ihn später erwürgt hat?«

Jan betrat den Raum. »Gute Nachrichten. - Die Kollegen haben vermutlich den Tatort gefunden. Vierhundert Meter westlich vom Fundort der Leiche entfernt. Und nur dreihundert Meter von seinem Auto ... an einem Maisfeld.«

»Sehr gut«, freute sich Tackert. »Dann können wir wenigstens versuchen, den Weg zu rekonstruieren, den Bloch genommen haben muss. - Ansonsten sollten wir die Ergebnisse abwarten, bevor wir weitere Spekulationen anstellen.«

»Das ist noch nicht alles«, ergänzte Jan. »Der Provider hat die Verbindungsnachweise geliefert. Es gibt da einige Teilnehmer, von denen wir noch nicht wissen, wie die in sein Umfeld passen. Möglich, dass da jemand interessant sein könnte.«

Wie ein Dieb kam die Nacht in die Stadt geschlichen und brachte milde Temperaturen mit.

Tackert saß auf dem Balkon und spülte die Reste seines Leberwurstbrotes mit einem großzügigen Schluck chilenischen Rotweins herunter.

Was, zum Teufel, hatte Bloch an den Kiesteichen getrieben?

Wem galt der Schuss?

Und wer hatte ihn beobachtet? War das ein zufälliges Ereignis oder geplant?

Gibt es zwei Täter oder hatte sich die gleiche Person plötzlich anders entschieden?

Und was sollte das mit dem Laptop?

Gab es einen Grund, das Gerät in dieser Art zu schützen? Schließlich war Bloch nicht bei der CIA, sondern ein kleiner Beamter in der Ausländerbehörde.

Und nach allem, was bisher bekannt war, führte er sowas wie ein stinknormales Leben.

Nach einer Stunde neigte sich der Inhalt der Weinflasche dem Ende entgegen, ohne dass Tackert neue Ideen oder gar Antworten gefunden hätte.

Plötzlich drifteten seine Gedanken ab, die auf Umwegen vom chilenischen Rotwein den Weg nach Peru fanden.

Machu Picchu! – Das muss schon interessant sein, das erleben zu dürfen.

Und sich persönlich ein Bild zu machen, um abzuwiegen, ob der Ort nicht doch vor guten fünfhundert Jahren als Basis von extraterrestrischen Wesen erbaut wurde? Zahlreiche wissenschaftliche Expeditionen haben ja bis heute keine Ergebnisse gebracht und nichts als Vermutungen ins Leben gerufen. Es wäre doch durchaus denkbar, dass die Jungs da Jahrhunderte verbracht haben. Und irgendwann hatten sie die Schnauze voll von der frischen Bergluft und sind umgezogen. – Zum Beispiel in ein Wüstenerdloch, mitten in Nevada.

Ja. So könnte es gewesen sein ... oder nicht?

Antworten darauf waren jedenfalls schwer zu finden.

Genauso schwer, wie Antworten Arne Bloch betreffend, entschied Tackert und ging ins Bett.

***

Am nächsten Morgen stand Tackert in seinem Büro vor dem Aquarium und blickte traurig auf die Wasseroberfläche.

Mesut, sein persönlicher Liebling, war in der Nacht über die Regenbogenbrücke geschwommen. Jetzt waren es nur noch zehn Goldfische, die inzwischen zu einem festen Bestandteil der Räume geworden waren.

Die Tiere waren im ganzen Präsidium als Tackerts Millionentruppe bekannt, weil sie ausnahmslos nach der Fußball-Weltmeistermannschaft von 2014 benannt waren.

Was im ganzen Haus Diskussionen auslöste. Zumindest unter den Fußballfans.

Die einen waren der Meinung, die Namensgebung sei äußerst passend, da sich die Fische im Wasser mit der gleichen Geschwindigkeit bewegten, wie die Spieler auf dem Platz. Und ähnlich nass gemacht wurden. - Als ob ein Messi oder Ronaldo unterwegs war.

Andere waren skeptisch, ob der Erfolg nicht durch die dubiosen Machenschaften in Reihen der FIFA zustande gekommen war. Und somit kein Grund vorlag, die Elf auch noch zu huldigen.

Und dann gab es da noch eine kleine Minderheit, die sich aufregte, dass offensichtlich Tiere weiblichen Geschlechts gezwungen wurden, männliche Vornamen zu ertragen.

Tackert war jedenfalls sehr traurig über den Verlust.

Wie oft hatten sie gemeinsam an der Scheibe geklebt und sich gegenseitig angeglotzt? - Wie Brüder im Geiste. Wie gefangen im gleichen Voodoo-Zauber. Mesut im Wasser, er auf dem Trockenen.

Wie oft hatte er sich gefragt, ob Mesut auch diese tiefe Entspannung empfand, die ihn in den Sitzungen umarmte? - Scheiße! Alles wie immer: Die Besten gehen zuerst.

Und was jetzt?

Nach einem kurzen aber erfüllten Leben ohne Katzenangriffe? - Vergraben? Im Klo runterspülen? An ein chinesisches Lokal verkaufen?

Warum musste ihm der Schiri da oben die rote Karte zeigen und ihn vorzeitig zum Duschen schicken? - Oder lag ein Gen-Defekt vor, den die Tierhandlung verschwiegen hatte?

Kann man Fische eigentlich ausstopfen?

Jan betrat den Raum und erlöste ihn aus seinen seltsamen Gedanken. »Zwei Kontakte der letzten vier Wochen könnten von Interesse sein«, mutmaßte Jan. »Da ist zum

Einen ein gewisser Frank Reiser, Besitzer der Lila Lisa im Rotlichtviertel. Interessant dabei ist vor allem, dass Murat Yildiz in der benachbarten Bar als Türsteher arbeitet, was natürlich auch ein dummer Zufall sein kann. Aber trotzdem interessant.«

»Hm? - Möglich«, murmelte Tackert vor sich hin. »Wie oft gab es den Kontakt?«

»Fünf Mal. Jedes Gespräch dauerte mindestens fünf, eines sogar fast zwanzig Minuten.«

»Und nur innerhalb der letzten vier Wochen? - Vorher nicht?«

»Nur in den letzten Wochen. Davor gab es keine Gespräche.«

»Und der zweite Kontakt?«

»Ein Justus Schwarzenbach. Pfarrer einer Gemeinde in Barsinghausen. Ungewöhnlich dabei erscheint zumindest, dass Bloch schon vor etlichen Jahren aus der katholischen Kirche ausgetreten ist. Und dass auch dieser Kontakt erst seit etwa fünf Wochen zu bestehen scheint. - Und immerhin gab es in der kurzen Zeit sechs Telefonate zwischen den Beiden.«

»Vielleicht gibt es dafür aber auch eine ganz einfache Erklärung. Die Nähe zu einem Geistlichen kann zahlreiche Hintergründe haben«, warf Tackert ein. »Außerdem glaube ich, dass wir davon ausgehen können, in einem Gespräch keine ausreichenden Antworten zu erhalten. Egal, welchen Inhalt die Fragen haben werden. Der wird sich auf die seelsorgerische Verschwiegenheit berufen – und das war´s dann.«

»Du meinst, wir sollten auf ein Gespräch verzichten?«,

gab sich Jan erstaunt.

»Auf gar keinen Fall. - Die Frage ist nur: Wen schicken wir hin? ... Sven, oder doch besser eine Frau?« In Tackerts Gesicht waren plötzlich deutlich Spuren von Verachtung zu erkennen.

Waldhausen ist ein begehrter Stadtteil unter den Hannoveranern. Die Nähe zur Eilenriede – Hannovers Stadtwald - und dem Maschsee, und dadurch auch zu der angrenzenden Ricklinger Masch, schafft ein Umfeld voller Natur und Naherholung.

Leider bleibt der begrenzte Wohnraum meist einer ausgesuchten Schicht Besserverdienender vorbehalten. Und zu diesen glücklichen Leuten zählte auch der pensionierte Lehrer Heinrich Nettel, der in einem kleinen Reihenhaus in seinem Arbeitszimmer saß.

Allerdings gab es seit geraumer Zeit wenig Anlass zu einem sorglosen und glücklichen Dasein.

Vor zwei Jahren verstarb unerwartet seine Frau Maria ... nach einem einfachen Eingriff im Krankenhaus. Monatelang wartete er auf eine vernünftige Aufklärung des Vorfalls. Aber es kamen nur widersprüchliche, nichtssagende Aussagen von Seiten der behandelnden Ärzte.

Schließlich entschloss er sich, nicht zuletzt auf Drängen seiner beiden Kinder, die Hilfe eines Rechtsanwalts in Anspruch zu nehmen.

Jedoch ist es bis heute zu keinem abschließenden Ergebnis gekommen.

Und dann war da natürlich noch dieses aktuelle Problem, dass ihn sehr beschäftigte.

Wenn Maria doch noch leben würde. Dann könnte er ihre Meinung einholen und er würde hier sicher nicht so unentschlossen herumsitzen.

Er rief die dritte Internetseite auf, die er zu diesem Thema finden konnte und studierte aufmerksam den Bericht. Auch hier wurden die gleichen Vermutungen ausgesprochen wie in den zwei vorangegangenen Kommentaren.

Auch nach fünf Jahrzehnten intensiver Leidenschaft für dieses Gebiet war sein Interesse ungebrochen, und er war ständig auf der Suche nach Neuigkeiten. Auch wenn diese manchmal einen zutiefst abscheulichen Inhalt hatten, ... wie in dem vorliegenden Fall. Was er da las, war einfach erschütternd, obwohl ihm der Inhalt bereits bekannt war.

Vor über einem Jahr hatte er den gleichen Bericht schon einmal gelesen. Damals aber unter anderen Voraussetzungen.

Mit einer ordentlichen Portion Wut im Bauch schaltet er den PC aus, kippte den verbliebenen Rest Cognac herunter, und suchte, in Gedanken versunken, das Bad auf.

Bevor er zu Bett ging, kontrollierte er noch die Alarmzeit des Weckers, die unverändert seit Wochen fünf Uhr anzeigte.

Am nächsten Morgen erwachte Tackert mit einer Vorahnung, dass dieser Tag wie eine Bootstour ohne Ruder werden wird.

Er hatte eine unruhige Nacht hinter sich und fühlte sich schon jetzt ausgelaugt. In einer großzügigen Einschätzung seiner persönlichen Wohlfühlskala legte er, während er beim Frühstück saß, vier Punkte von zehn möglichen fest.

Die Zahl dezimierte sich erstmals, als er das Präsidium betrat und Nicola ihm mitteilte, dass sie mittlerweile fest davon ausgehe, dass Arne Blochs Passwort in den nächsten Wochen nicht zu knacken sei, vielleicht auch in den nächsten Jahren nicht.

Noch eine Zahl runter ging es, als Sven und Sonja von ihrem Besuch gestern Abend in der Lila Lisa berichteten. Die Telefonate zwischen Frank Reiser und Arne Bloch hatten angeblich zum Inhalt, ein gutes Wort für Herrn Yildiz einzulegen, um so eine positive Entwicklung bezüglich seiner Aufenthaltsgenehmigung voranzutreiben.

Sven und Sonja erklärten, dass sie natürlich kein Wort davon glaubten, aber etwas Anderes aus Frank Reiser nicht herauszuholen gewesen war.

»Was hältst du davon, wenn Nicola und ich zusammen den Pfaffen aufsuchen«, fragte Sonja. »Einer doppelten Charmeoffensive gibt er sich vielleicht geschlagen?« Sonja grinste erst Sven, dann Tackert an, der einen Moment zu überlegen schien.

»Na gut«, äußerste er sich schließlich.

»Seht zu, ob ihr etwas aus ihm herausbekommt.« Hoffnungen machte er sich aber keine.

Zwei Stunden später wurde von den Kollegen der Spurensicherung das Maisfeld als Tatort bestätigt. Die gesicherten Spuren waren eindeutig.

Ergänzend wurde er noch unterrichtet, dass der Absperrhalter vermutlich zu einem kleinen Schuttberg gehörte, der in der Nähe des Tatortes, nur unweit vom Weg, hinter Gestrüpp verborgen lag.

Das unterstützte seine derzeitige Theorie, dass der Angreifer nicht vorsätzlich gehandelt hatte, sondern es zu einer spontanen Reaktion gekommen war.

Aber was war der Auslöser?

Und wem galt der Schuss?

***

Pfarrer Schwarzenbach hielt sich für einen engagierten und fortschrittlichen Geistlichen.

Themen wie Abtreibung, Zölibat oder Kindesmissbrauch behandelte er mit großer Ernsthaftigkeit.

Mit neununddreißig Jahren zählte er zu den jüngeren Seelsorgern, denen eine Gemeinde anvertraut wurde. Eigentlich waren es ja sogar zwei. Nach den zahlreichen Skandalen innerhalb der katholischen Kirche stieg die Anzahl der Kirchenaustritte bedenklich an und zwei zwischenzeitlich schwach besetzte Gemeinden wurden zusammengelegt.

Mit einer gewissen Belustigung saß er Sonja und Nicola gegenüber und stellte sich die Frage, ob es wirklich ein Zufall war, dass ihn zwei Frauen des Polizeiapparats aufsuchten?

Und zwei so unterschiedliche.

Die jüngere mit rot gefärbtem Haar und Tattoos, die andere dagegen unauffällig und fast bieder wirkend.

Und auch Sonja war in Gedanken versunken und stellte fest, dass ihr Gegenüber eigentlich sehr gut aussah. Groß gewachsen und ein wenig muskulös, lustige dunkelblonde Locken und freundliche Augen. Der erste Eindruck strahlte Eigenschaften wie Zuverlässigkeit, Einfühlungsvermögen und Humor aus.

Ähnlich, wie es auch bei Sven der Fall war, fiel ihr auf. Und wahrscheinlich auch schwul?

Aber vielleicht auch nicht.

Sie überlegte kurz, ob sie jemals davon gehört hat, dass ein Pfarrer unter der Waffengewalt einer Frau ins richtige Leben zurückgeholt wurde?

Sie schüttelte die Gedanken ab und schämte sich ein wenig.

Schließlich eröffnete sie lieber das Gespräch und fragte nach Arne Bloch.

»Schreckliche Geschichte«, meinte der Pfarrer. »Und unbegreiflich. Ich kannte Arne Bloch persönlich, recht gut sogar, noch aus der Zeit als Kaplan in Hannover. Das Ehepaar Bloch war seinerzeit sehr engagiert in der Gemeinde tätig. Bis es irgendwann zum Bruch zwischen den Beiden kam. – Ich denke, sie sind über den Werdegang von Frau Bloch im Bilde? Dass ihr der katholische Glaube zu liberal erschien, und sie sich nach neuen, radikaleren Glaubensgemeinschaften umsah?«

»War das der Grund für die Trennung?«

Der Pfarrer überlegte einen Moment, bevor er antwortete: »Ich möchte da nicht näher drauf eingehen. Wie sie wissen unterliege ich der Schweigepflicht.«

»Aber in einer anderen Angelegenheit können sie uns sicher helfen«, versuchte es Nicola.

»Herr Pfarrer, sie hatten in den letzten Tagen mehrfach telefonischen Kontakt zu Herrn Bloch. - Scheinbar der erste nach einer Anzahl von Jahren. Welchen Inhalt hatten diese Gespräche?«

Pfarrer Schwarzenbach schüttelte den Kopf. »Tut mir leid. Auch das kann ich ihnen leider nicht beantworten. – Aber es hat ganz sicher nichts mit dem schrecklichen Vorfall an den Kiesteichen zu tun.«

»Haben sie eine Vorstellung davon, warum sich Herr Bloch zu dieser frühen Stunde - bewaffnet - dort aufgehalten haben könnte?«

»Nein«, antwortete er entschieden. »Gar nicht. - Und es fällt mir schwer zu glauben, dass er die Waffe wirklich benutzen wollte. Ich habe ihn als ausgesprochen friedvollen Charakter kennengelernt.«

»Was aber schon eine Weile zurückliegt«, schob Sonja nach. »Menschen ändern sich bekanntermaßen ...«

»Ich glaube nicht, dass er sich in den vergangenen sieben Jahren verändert hat. Die Telefonate in den letzten Tagen bestätigen das.«

»Ging es in den Telefongesprächen um ihn persönlich?«, schaltete sich Nicola wieder ein.

»Kein Kommentar«, lächelte der Pfarrer erneut. »Ich kann mich nur wiederholen: Es hatte mit den Vorfällen an den Kiesteichen rein gar nichts zu tun, und mehr werden sie von mir auch nicht erfahren.«

Und so war es dann auch.

Als die beiden Frauen eine Weile später ihren Besuch beendeten, waren sie übereinstimmend der Meinung, dass der Geistliche wesentlich mehr über das Leben Arne Blochs wusste, als er zugeben wollte.

Und beide waren genauso sicher, dass er sich auch in Zukunft nicht äußern wird.

Es war ein längeres Gespräch vorrausgegangen, bis Elisa es schaffte, Tackert zu überreden, sie auf die Beerdigung ihres Onkels zu begleiten.

Tackert hatte nie zuvor von dem Verstorbenen gehört. Ebenso wenig kannte er auch nur irgendjemanden aus Elisas Verwandtschaftskreis.

Aber letzten Endes konnte er ihren Wunsch nachvollziehen, nicht alleine hinfahren zu wollen, zudem ihre Mutter sich gerade im Erholungsurlaub befand und unmöglich anreisen konnte.

Sie saßen in der gutgefüllten Friedhofskapelle und irgendjemand war gerade dabei, die nicht allzu kurze Liste der herausragenden Taten aus dem Leben Onkel Pauls herunterzuleiern.

Tackert fragte sich, wie es möglich war, in nur einem einzigen Leben derart viele Pluspunkte zu sammeln? Das Leben des Papstes muss dagegen ein einziger Sündenpfuhl sein.

Gott sei Dank war aber nach guten sechzig Minuten die ganze Zeremonie beendet. Jetzt galt es nur noch den Leichenschmaus zu überstehen, der, zu Ehren des Verstorbenen, aus Apfelkuchen und Doppelkorn bestehen sollte und in dessen Villa angedacht war.

Das Anwesen war in nur wenigen Minuten erreicht und Tackert war mächtig beeindruckt.

Auf einem parkähnlichen Grundstück thronte ein sicherlich hundert Jahre altes Haus von gewaltigem Ausmaß. Alles wirkte gepflegt und aufwendig instand gehalten.

Neben einer umfangreichen Videoüberwachung gab es

hier scheinbar sogar Wachpersonal.

Wer hier wohnte, musste vermögend sein. Sehr vermögend.

Im Salon war eine meterlange Tafel aufgebaut und Tackert war sehr verwundert, dass tatsächlich neben Kaffee und Apfelkuchen auch der Doppelkorn gereicht wurde.

Natürlich gab es keinen normalen Kaffee. Nein! – Indonesischer Katzenkot-Kaffee, der, wie ihm Elisa erklärte, mal eben fünfzig Euro kostete. – Je hundert Gramm.

Kaffee aus Katzenkot?

Vielleicht war so der Doppelkorn zu erklären?

Ein Überzeugungsversuch von Elisas Seite, das es sich um die Rückstände freilaufender Schleichkatzen handelt, die dank ihrer besonderen Magenenzyme dem Gebräu eine exotische, einzigartige, fein-dezente Säurenote verschaffen, prallte zunächst erfolglos an Tackert ab.

Aufgebrühte Katzenscheiße? – Nie im Leben.

Aber ein Kaffee zum Kuchen wäre jetzt nicht schlecht.

Vor dem Doppelkorn!

Unauffällig schaute er in die Runde, ob jemand angewidert das Gesicht verzog. Aber er konnte nichts erkennen und alle behielten sogar ihre ursprüngliche Gesichtsfarbe. Allerdings nahm er irritiert wahr, dass einige der Tischnachbarn plötzlich ziemlichen Scheiß redeten, wie beispielsweise das Pärchen, das ihm gegenübersaß. Zwischen den Beiden war ein heftiger Streit entstanden, ob man dem erlesenen Gebräu einen Schuss Sahne zufügen sollte oder nicht. Aber er entschied, dass man das nicht dem besonderen Kaffee zuschreiben konnte.

Also wagte er einen kleinen Schluck und war begeistert,

was man aus Katzenscheiße alles machen kann.

Da bewahrheitet sich mal wieder: das Geld liegt auf der Straße.

Am Tischende fiel ihm eine Gruppe von überwiegend betagten Frauen auf, die sich scheinbar gegenseitig belauerten. Zumindest hatte er den Eindruck. Flüsternd fragte er Elisa nach den Damen, die ihm auch eine Erklärung liefern konnte.

Da saßen also die zuletzt aktuelle Lebensgefährtin von Onkel Paul, seine erste Ex-Frau mit Partner, seine zweite Ex-Frau, auch mit Partner, seine Sekretärin, und Natascha, das Dienstmädchen, die sich, nicht nur gemessen an Alter und äußerer Erscheinung, deutlich von den anderen vier Damen abhob. Elisa vermutete, dass der Grund für diese seltsame Tischordnung wohl darin zu finden sei, dass wenigstens drei der Frauen hofften, von den anderen zu erfahren, ob schon etwas zur Aufteilung des Erbes durchgedrungen sei.

»Dein Onkel muss sehr reich gewesen sein«, hauchte Tackert Elisa ins Ohr.

»Es ist von einer höheren, zweistelligen Millionensumme die Rede«, flüsterte Elisa zurück.

Einen Moment verschlug es dem Kommissar die Sprache.

»Das reicht natürlich nur schwerlich, wenn man durch fünf teilen muss. Obwohl ich finde, dass seine Sekretärin nur am Rande und das Dienstmädchen irgendwie gar nicht in den Kreis passen. - Oder?«

»Na ja. Wenn man dem ganzen Familientratsch Glauben schenken will, beschränkten sich Nataschas Dienste auf Aktivitäten unterhalb des Bauchnabels. Gleiches wird von der Sekretärin behauptet, die ihn über Jahre auf jede Dienstreise begleitete«, lächelte Elisa still vor sich hin. »Dabei ist aber noch nicht einmal bekannt, ob die beiden überhaupt im Testament bedacht wurden. Aber scheinbar haben einige mächtig Angst davor.«

»Womit hat dein Onkel eigentlich sein Vermögen gemacht? Ich habe bei der Trauerfeier etwas von Exportgeschäften gehört. Kann man da wirklich ein so großes Vermögen aufbauen, wenn alles legal verläuft?«

»Das ist eine gute Frage, die bis heute scheinbar unbeantwortet ist. Einige glauben zu wissen, dass es um Waffenexporte ging. Es gab wohl auch – mehr als ein Mal – Untersuchungen gegen ihn. Immer ohne ein Ergebnis. Mich darfst du aber eigentlich nicht fragen. Ich weiß so gut wie nichts über ihn. Nur das Wenige, was meine Mutter in Laufe der Jahre erzählt hat. Ich persönlich bin ihm nur zweimal begegnet … und das ist bestimmt schon fünfundzwanzig Jahre her. Wenn meine Mutter mich nicht so nachdrücklich gebeten hätte … ich wäre nicht zu der Beerdigung gegangen. Deswegen war es mir ja auch so wichtig, dass du mich begleitest. Eigentlich habe ich hier nichts verloren.«

Ich noch viel weniger, dachte Tackert ohne es auszusprechen.

Er musste plötzlich an Arne Bloch denken. War es vielleicht möglich, dass er sich an jenem Morgen nicht ganz freiwillig an den Ricklinger Kiesteichen aufgehalten hat?

Ähnlich, wie er heute auf dieser Beerdigung?

Sie hatten Taucher angefordert.

Es hatte sich weder eine angeschossene Person, und schon gar keine Leiche finden lassen.

Tackert musste aber Gewissheit haben.

Es erschien durchaus denkbar, dass ein vermeidliches Opfer im Teich verschwunden ist. Das wäre auch die naheliegendste Möglichkeit, wo die Waffe doch direkt am Ufer abgefeuert wurde.

Tackert und Sven verfolgten die Suchaktion vor Ort. Beide blickten auf das Wasser und warteten auf ein Zeichen der beiden Taucher.

»Was sagt ein Urologe, wenn er Feierabend macht?«, fragte Sven plötzlich. »Ich verpiss mich jetzt ...«

Tackert drehte langsam den Kopf zur Seite, schaute den Kollegen an, ohne eine Miene zu verziehen.

»Nicht gut?«, fragte Sven verständnislos.

Tackert schüttelte den Kopf und starrte wieder aufs Wasser.

Er mochte Sven wirklich gerne, aber diese dämlichen Witze. Dass das kein Ende findet?

Zur gleichen Zeit hockten Nicola und Jan vor Blochs Laptop.

Jan war inzwischen so weit, dass er alle Hoffnungen aufgegeben hatte. »Glaubst du, dass das noch Sinn macht? Wahrscheinlich ist der Fall längst geklärt oder liegt bei den Akten, wenn das Passwort endlich gefunden ist. Oder es stellt sich heraus, dass der Inhalt vollkommen nutzlos ist. - So, wie das Handy.«

»Warum so negativ?«, versuchte es Nicola. »Ich könnte mir gut vorstellen, dass es einen triftigen Grund gibt, die

Festplatte zu verschlüsseln. - Aber vielleicht sollten wir langsam das LKA mit einbeziehen und das Gerät der Computer-Forensik überlassen. Die haben deutlich mehr Kapazitäten als wir. Mit unserer Ausrüstung wird es vermutlich tatsächlich Jahre dauern.«

»Je früher wir das Ding los sind, umso besser. Ständig schaut man nach, ob sich was getan hat. Und das, obwohl man eigentlich genau weiß, dass sich da nichts tun wird. - Hast du schon mit Tackert gesprochen wegen des LKA?«

»Noch nicht. - Aber welchen Grund sollte es geben, dass er sich querstellt?«

Die Frage blieb unbeantwortet, weil das Telefon läutete und Nicola das Gespräch entgegennahm. Sie sagte nur wenig, stellte nur ein paar Zwischenfragen und machte sich keine Notizen.

»Das war Frau Rosenberg, Blochs Ex. Ihr ist etwas eingefallen, was für die Ermittlungen sehr wichtig ist. Sie will uns dringend sprechen. Ich fahre da mal mit Sonja hin. Sagst du Richard Bescheid?«

Sonja parkte das Auto in unmittelbarer Nähe des Hauses.

Beide wussten von Tackerts unheimlicher Begegnung und waren neugierig, was sie erwarten würde. Vermutlich würde das Ganze hier nichts bringen. Aber die Frau einfach ignorieren kam natürlich nicht in Frage.

Frau Rosenberg riss unmittelbar nach dem Klingeln die Wohnungstür auf und zog die beiden Beamtinnen mit unruhigem Blick in die Wohnung. Mit hektischen Bewegungen forderte sie Nicola und Sonja auf, im Wohnzimmer Platz zu nehmen.

»Ich kann ihnen sagen, warum er ermordet wurde.« Ihre Stimme war gesenkt und hatte einen wissenden Klang. »Seit mich der Kommissar vor einigen Tagen von Arnes Tod in Kenntnis gesetzt hat, habe ich mir das Hirn zermartert. Mein Verdacht, den ich anfangs hatte, dass ihn nämlich die Strahlungen getötet haben, kann aber nicht stimmen. Er wurde ja erschlagen, wie mir ihr Kollege erzählte. Und soweit sind die Schweine noch nicht, dass die verfluchten Strahlen einen erschlagen können. Also muss es einen anderen Grund geben. Und der kann nur darin bestehen, dass er einen Pakt eingegangen ist. Einen Pakt mit den Mächten der Finsternis. Und weil er seinen Teil nicht erfüllen konnte, wurde er ...« Sie brach mitten im Satz ab und blickte verwirrt ins Leere. »Kann ich ihnen vielleicht einen Shiva-Tee anbieten?«

Sonja wusste nicht genau, ob sie amüsiert oder mitfühlend reagieren sollte. Oder ob sie sie verbessern sollte, dass er erwürgt wurde. Während sie noch nach einer Antwort suchte, übernahm Nicola das Wort.

»Danke, nein. Kein Tee. - Wie könnte denn dieser Pakt ausgesehen haben? Was glauben sie?«

»Darauf habe ich noch keine Antwort gefunden. Aber da er ja dieses Gewehr dabeihatte, wollte er bestimmt jemanden töten. Dabei passt das gar nicht zu ihm. Arne ist kein Mörder. Arne war unvorsichtig, schwach und starrsinnig ... aber bestimmt kein Mörder. – Wirklich kein Tee? Ich hätte sonst auch einen Hanf-Tee. Sehr beruhigende Mischung.«

»Danke, kein Tee. - Sie glauben, man hat ihn gezwungen jemanden zu töten?«, schaltete sich Sonja ein.

»Ja«, bestätigte Frau Rosenberg. »Er hatte nicht die Kraft, zu widerstehen. Die hatte er noch nie. Früher habe ich das für ihn übernommen und ihn gelenkt. Ihn geführt. Sie müssen wissen, dass es mal eine Zeit gab, in der wir sehr eng miteinander verbunden waren. Gemeinsame Ziele hatten. Bis Arne mir nicht mehr folgen wollte.«

»Diese finsteren Mächte«, fragte Nicola. »Wie könnten die aussehen?«

»Gute Frau, das weiß niemand«, empörte sie sich. »Sie zeigen sich ja nie. Wenn das so einfach wäre, hätten wir schon längst vernichtend eingreifen können.«

Nachdem Sonja und Nicola nichts Wesentliches mehr erfuhren, und auch später keinen Tee wollten, verabschiedeten sie sich kurze Zeit später.

Auf dem Weg zum Auto sagte Nicola:

»Vielleicht war das Gespräch gar nicht so nutzlos, wie zu befürchten war. Wenn man die Mächte der Finsternis ersetzt ... durch eine Person oder eine Gruppe von Personen, ergibt die Behauptung durchaus einen Sinn. Ist doch möglich, dass Bloch gezwungen, bezahlt, erpresst oder was auch immer wurde.?«

»Oder, er hatte einen im Tee ...«, lachte Sonja.

Die These, Bloch könnte bezahlt worden sein, fand überall Zuspruch, als am späten Nachmittag alle fünf Ermittler beieinandersaßen.

»Für eine Erpressung gibt es bisher nicht den geringsten Hinweis. Aber ein bezahlter Auftrag käme schon in Frage«, meinte Sven. »Dass wir keine auffallende Summe an Bargeld gefunden haben, finde ich nicht weiter verwunderlich. Jemand, der seinen Laptop geschickt absichert, wird auch einen größeren Betrag Bargeld intelligent verwahren. Vielleicht sollte seine Wohnung nochmals intensiv durchsucht werden. Das war ja etwas halbherzig, was da bisher passiert ist.«

Tackert stimmte sofort zu. »Das sollte sowieso passieren, unabhängig von allen Vermutungen. Irgendein Hinweis muss in seiner Wohnung zu finden sein. Auch wenn er im ersten Augenklick wertlos erscheint, er ist bestimmt da. - Nachdem auch die Taucher nichts entdeckt haben, glaube ich, wenn überhaupt, an ein gescheitertes Attentat. Allerdings habe ich überhaupt keine Idee, warum Bloch ermordet wurde? Eine gute halbe Stunde nach dem missglückten Versuch, ihn zu erschlagen?«

Sie diskutierten noch eine Weile erfolglos herum, bevor alle Feierabend machten.

Wieder ein Tag rum, wieder kein Fortschritt. So darf das nicht weitergehen, sagte sich Tackert.

Ein Blick auf seine Wohlfühlskala ergab bedenkliche zwei Punkte.

Deren Verbleib war aber auch nur darauf zurückzuführen, dass er heute Abend noch Elisa sehen würde, wusste er.

Tackert wirbelte durch die Küche und kochte.

Wie immer ließ er sich dabei mal von leiser, oft eher von lauter Musik begleiten. Die Entscheidung fiel nicht schwer: Heute waren lärmende Gitarren angesagt und er entschied sich für eine seiner Lieblingsbands.

Er legte eine CD ein, wählte aber einen bestimmten Track an, der seine miese Stimmung verbessern sollte. Er wusste, dass das häufig klappt. Er suchte einen Song aus, der in der Lage war, seine an Boden liegende Wohlfühlskala in kürzester Zeit enorm anzuheben.

Ähnliches vermochte wahrscheinlich nur Viagra zustande zu bringen, fiel ihm auf, wenn der Benutzer seine persönliche Wohlfühlskala auf das Geschlechtsteil reduziert.

Voller Inbrunst sang er lautstark den kompletten Text mit und warf den Refrain in den Topf mit dem ungarischen Gulasch. Mit den letzten Akkorden setzte er eine deutliche Sieben fest.

Oder war das eine Acht?

Ja, das war eindeutig eine Acht.

Ist doch allerorts bekannt, dass der eigene, leidenschaftlich vorgetragene Gesang, eine ebenso große Anzahl an Glückshormonen freisetzt wie ein Orgasmus.

Elisa erschien erwartungsgemäß fünf Minuten vor der verabredeten Zeit. Sie deckte den Tisch, öffnete den Wein und war wie fast immer bester Laune. »Wir haben gestern scheinbar noch richtig was verpasst«, lachte sie Tackert an.

»Auf der Beerdigung?«, riet er.

»Genau. Da ging es noch richtig zur Sache. Jede seiner drei Frauen, mit denen Onkel Paul zusammengelebt hat, beanspruchte für sich den größten Erbanteil. - Und haben schon mal rechtliche Konsequenzen angedroht, für den Fall, dass das Testament keine entsprechende Verfügung enthält. - Für Natascha und seine Sekretärin haben sie großzügig drei Monatsgehälter festgelegt. Jeder Euro darüber hinaus soll eine Testamentsanfechtung nach sich ziehen. Als Natascha aber verlauten ließ, dass der Verstorbene ihr eine Viertel Millionen in Aussicht gestellt hat, eskalierte die Situation. Flaschen und Gläser flogen. Es sollen sogar Stühle zu Bruch gegangen sein. Jedenfalls wurde es so schlimm, dass am Ende die Polizei anrücken musste und seine zweite Ex-Frau, sowie der Organist der Friedhofskapelle, zur ärztlichen Versorgung ins Krankenhaus gebracht wurden.«

»Der Organist? Was hat der damit zu tun?«

»Eigentlich nichts. Muss wohl unglücklich zwischen die Fronten geraten sein,«

Tackert sah Elisa ungläubig an. »Komische Verwandtschaft hast du«, sagte er vorwurfsvoll. »Waffenhändler und gewaltbereite Anarchisten. Hätte ich das geahnt ...«

»Das war noch nicht alles«, unterbrach Elisa lachend. »Das Highlight kommt noch.« Um der Aussage das nötige Gewicht zu verleihen, legte sie eine kleine Pause ein.

»Seine Sekretärin behauptet, schwanger zu sein. – Von meinem Onkel schwanger. Im zweiten Monat. Und hat schon mal darauf hingewiesen, welche Auswirkungen das für die Erbfolge hat, egal was Onkel Paul testamentarisch festgelegt hat.«

»Hui. Wenn das stimmt ...«

»... Dann könnte es sein, dass es nicht bei den zwei

Krankenhausaufenthalten bleibt.«

»War der Alte denn sexuell wirklich noch so aktiv?« zweifelte Tackert. »Ich meine, … drei Frauen. Da war ja auch noch seine … äh … offizielle Lebensgefährtin.«

»Keine Ahnung«, gestand Elisa. »Medizinisch wäre das durchaus denkbar. Und Anna hatte vermutlich sowieso nur repräsentativen Charakter. Natascha übernahm diesbezüglich wohl die meiste Arbeit. Hat ihn aber wegen Flugangst nicht auf Reisen begleitet, sagt man. Daher übernahm wahrscheinlich seine Sekretärin die Aufgabe, nach einem erfolgreichen Verkauf von zehn Kampfpanzern auch sein Kanonenrohr feuerbereit auszurichten … um mal im Fachjargon zu bleiben.«

Tackert musste lachen. »Erwartest du eigentlich, auch etwas zu erben?«

»Um Gottes Willen. Nein. Ganz bestimmt nicht«, kam es vehement zurück. »Wie schon gesagt. Ich kannte ihn eigentlich überhaupt nicht. Und er mich natürlich auch nicht.«

»Und wie passt deine Mutter da rein?«

»Sie ist eine Kusine von Onkel Paul.«

»Aha«, sagte Tackert nur, hatte aber keine Lust, verzwickte Familienverhältnisse zu sortieren.

»Richard! Richard, dein Handy.«

Die Stimme kam ihm bekannt vor. »Aufwachen, Richard. Dein Handy klingelt.«

Eine Hand lag auf seiner Schulter und schüttelte ihn sachte. Schwerfällig erwachte er mit dem Gefühl, als ob sein Geist im Schlaf den Körper verlassen hatte. Es dauerte einen Augenblick, bis er aufnahmefähig war.

»Ja?«, meldete er sich mit belegter Stimme. Zu einer umfassenderen Wortwahl war er nicht in der Lage.

Sein Blick fiel auf die Uhr, die fünf Uhr vierzehn zeigte. »Wo?«, brachte er mit Mühe hervor. Und eine halbe Minute später noch: »Ich komme.«

»Musst du weg?«, fragte Elisa mitfühlend. »Ist was passiert?«

»Hm. – Schon wieder ein Toter. Schon wieder an den Kiesteichen.«

Er brauchte eine Stunde, bis er den Tatort erreichte, der ihm bestens bekannt war. Dieser befand sich schon wieder in Höhe des Döhrener Teichs, nur dreihundert Meter entfernt von der Stelle, wo vor wenigen Tagen das Gewehr abgefeuert wurde. Der Bereich war bereits gesichert und Kollegen verschiedener Abteilungen waren mit der Spurensuche beschäftigt.

Sven und Sonja befanden sich schon seit zwanzig Minuten vor Ort und unterrichteten ihn von den ersten Ergebnissen.

»Rainer Brandt, sechsundvierzig. Zuletzt gemeldet in der Wunsdorfer Straße. Hat mehrere Stichverletzungen. Drei, um es genau zu nehmen. Schröder meint, eine davon war definitiv tödlich. Todeszeitpunkt liegt vermutlich bei vier, vier Uhr dreißig. Arme und Hände zeigen Abwehrspuren. Er muss sich laut Schröder heftig gewehrt haben. Der Fundort ist auch der Tatort, das steht fest. Entdeckt wurde er von einem Mitarbeiter des Rathauses. Genauer gesagt, einem Hausmeister, der auf dem Weg zur Arbeit war und ihn vom Radweg aus erblickt hat. Glaubte ihm ersten Moment, der Mann sei verletzt und wollte nach ihm sehen.«

Tackert unterbrach Sven. »Habt ihr was bei ihm gefunden? Wertsachen oder persönliche Dokumente?«

»Er hatte nur sehr wenig dabei«, schaltete Sonja sich ein. »In seiner Geldbörse befanden sich knapp hundertachtzig Euro, der Perso und ein Führerschein. Ein paar persönliche Notizen, zwei Fotos. Zwei Kassenbons. Nichts von Bedeutung, wie es aussieht. Das gleiche gilt für die Hosen- und Jackentaschen.«

»Hundertachtzig Euro? Also eher kein Raubmord. - Wurde die Tatwaffe gefunden?«

»Nein.«

Die drei Ermittler setzten sich in Bewegung und steuerten auf den Leichnam zu, wo der Rechtsmediziner noch mit den Untersuchungen beschäftigt war.

»Morgen«, brummte Tackert, als sie Dr. Schröder erreichten.

Er warf einen Blick über dessen Schulter und verstummte. »Scheiße«, flüsterte er. Sven und Sonja sahen, wie sich im Sekundentakt drei Emotionen in Tackerts Gesicht spiegelten. Verwunderung, Entsetzen und Trauer.

»Kennst du ihn?« fragte Sven erstaunt.

»Ja«, kam leise die Antwort. »Der Franzose.«

»Der Obdachlose?«

»Der Obdachlose«, bestätigte der Hauptkommissar.

»Scheiße.«

»Dann hat er wohl mehr gesehen, als er dir verraten wollte«, vermutete Sven. »Oder glaubst du an einen Zufall? – Hier. In unmittelbarer Nähe des Ortes, wo er vor kurzem vermutlich Zeuge eines Verbrechens wurde.«

»Hat man den Marktroller und den Rucksack gefunden?«, überging Tackert Svens Frage.

»Hier gab es keinen Marktroller oder Rucksack«, meldete sich ein uniformierter Kollege. »Und wir waren die Ersten vor Ort.«

»Danach müssen wir suchen. Sofort. Fordert noch ein paar Kollegen an. Ich glaube, das ist wichtig. Ein schwarzgrün karierter, handelsüblicher Marktroller und ein mittelgroßer, grauer Rucksack mit schwarz abgesetzten Kanten. – Und nach der Tatwaffe muss natürlich auch gesucht werden.«

Tackert fiel etwas auf: Rainer Brandt also und nicht Thomas Palme, wie er ihm gegenüber noch vor ein paar Tagen behauptete. Warum der falsche Name?

»Hundertachtzig Euro bei einem Obdachlosen? Ist das nicht ein wenig viel? Woher hatte er das Geld?« Sonja warf einen Blick auf die Leiche. »Und vielleicht gibt's ja sogar noch viel mehr? Im Rucksack oder im Marktroller?«

»Vielleicht«, entgegnete Tackert. »Vielleicht aber auch nicht?«

Pünktlich um vier Uhr dreißig erwachte Heinrich Nettel beim ersten Weckerklingeln und ging ins Bad.

Das war schon immer so.

Während andere Menschen jede zusätzliche Minute der morgendlichen Bettwärme suchten, stand er sofort auf, wenn der Alarmton sich das erste Mal meldete.

Erwartungsvoll sah er dem Tag entgegen, an dem endgültig Entscheidungen getroffen werden sollten.

Den gestrigen Abend hatte er mit dem Erstellen einer Liste verbracht. Im Falle einer negativen Entwicklung heute, hätte er alle wichtigen Kontakte zur Hand, und könnte ohne lästige Verzögerungen alle nötigen Maßnahmen ins Rollen bringen. Eine der notierten Rufnummern hatte er bereits kontaktiert.

Einen Mann mit besonderen Qualifikationen, von dem er wusste, dass er einen kurzfristigen Termin nur schwer vergeben konnte. Zudem eine achtzig Kilometer lange Anreise nötig war. Aber er hatte Glück. Er konnte ihn von der Dringlichkeit überzeugen und mit ihm vereinbaren, dass er sich heute um zehn Uhr bei ihm melden würde, um den Auftrag zu bestätigen oder zu stornieren.

In der Stadt und im nahen Umfeld hatte er niemanden Vergleichbares finden können, der in der Lage war, die Arbeiten zeitnah auszuführen.

Nachdem er ein ausgiebiges Frühstück vorbereitet hatte, machte er sich auf den Weg.

Zu dieser Tageszeit brauchte er zwanzig Minuten, bis er wie üblich seinen Posten einnehmen und abwarten würde.

Um fünf Uhr zwanzig erreichte er sein Ziel.

Die Sonne war bereits aufgegangen und eine seltsame Stille umgab ihn. Gestern war hier jede Menge Trubel, hinten am Weg. Eine Vielzahl von Polizeibeamten verbreitete stundenlang eine Unruhe, die ihn veranlasste, früher als gewöhnlich den Heimweg anzutreten. Er glaubte, dass die hohe Zahl an Beamten noch immer im Zusammenhang mit dem Mord an Arne Bloch stand. Von den neuesten Vorkommnissen hatte er noch nicht gehört, da entsprechende Schlagzeilen natürlich erst in der heutigen Ausgabe der lokalen Zeitungen erschienen.

Und die Zeitung lag heute früh noch nicht in seinem Briefkasten.

Er genoss die Ruhe. Weit und breit war keine Menschenseele auszumachen. Nur vereinzelt war das Zwitschern eines Vogels zu vernehmen.

Ein Hauch von Luftfeuchtigkeit schwebte über dem Ort, beeinflusste die Farben und schaffte eine fast bedrohliche Atmosphäre. Es kam ihm vor wie eine böse Vorahnung.

Während er sein Frühstück zu sich nahm, beobachtete er die Umgebung, aber die Minuten verstrichen, ohne dass es einen Grund gab, erneut Hoffnung aufzubauen.

Eine halbe Stunde vor seinem selbstgesteckten Ultimatum gab er auf.

Er musste davon ausgehen, dass das Schlimmste eingetroffen war. Er griff zum Handy und telefonierte seine Liste ab.

Innerhalb der nächsten neunzig Minuten trafen verschiedene Personen ein. Als letztes erschien der Mann, der als Einziger in der Lage war, die besondere Aufgabe zu bewältigen und ein für alle Mal Klarheit schaffen würde.

Zu neunt standen sie am nordöstlich Uferbereich und verfolgten schweigend jede Bewegung des Spezialisten, der zielstrebig und gekonnt seinen Auftrag ausführte. Die Aktion hatte mittlerweile einige Passanten neugierig gemacht, die das Spektakel vom Weg aus verfolgten und nicht verstanden, was da vor sich ging.

Inzwischen hatte der Mann mit den besonderen Fähigkeiten sein Ziel erreicht. Jetzt waren nur noch wenige Handgriffe nötig.

Die Gruppe der neun Wartenden verfolgte wie versteinert jede Bewegung. Nach einer endlos scheinenden Zeit signalisierte er ihnen, was er vorgefunden hatte:

Einen leblosen Körper mit einem deutlich sichtbaren Einschussloch im Schädel.

***

Während Heinrich Nettel sein Frühstück an der frischen Luft einnahm, begleitet vom Gesang der Vögel, saß Tackert in seinem stickigen Büro und hatte das Fenster weit aufgerissen. Er aß ohne Appetit, starrte aufs Aquarium und fluchte innerlich.

Hätte er den Mord verhindern können, wenn er den Franzosen mit Nachdruck befragt hätte? Oder zumindest, wenn ihm aufgefallen wäre, dass der Mann scheinbar mehr beobachtet hat als er in ihrem Gespräch zugeben wollte?

Die These, dass der gewaltsame Tod des Obdachlosen mit seinen Beobachtungen zusammenhing, wurde von allen Kollegen unterstützt. Offen blieb die Frage: Wollte der Täter dadurch eine Aussage verhindern oder hatte der Franzose sein Wissen für eine Erpressung genutzt?

Und wer war der Täter? - Die Person mit der Eisenstange oder der Würger? Oder gab es im Falle Bloch nur einen Täter?

Seit gestern Mittag versuchte man, unter den Obdachlosen jemanden zu finden, der zu dem Franzosen einen engeren Kontakt pflegte. Vielleicht hatte der eine oder andere etwas von einem zu erwartenden Geldeingang gehört? Oder von neuen Zukunftsplänen?

Aber die ersten Resultate ließen vermuten, dass der Franzose ein Einzelgänger war. So, wie scheinbar auch schon in der Vergangenheit.

Rainer Brandt war erst seit zehn Monaten obdachlos.

Nach einer missglückten Ehe, Überschuldung, Arbeitslosigkeit und einer psychischen Erkrankung geriet er immer tiefer in den Sumpf, bis alles um ihn herum zusammenbrach.

Gegen elf Uhr erschienen Jan und Sonja in seinem Büro. Beide zeigten einen neutralen Gesichtsausdruck. »Die Kollegen einer Streifenwagenbesatzung haben sich gerade gemeldet«, erklärte Jan. »Wurden zu den Kiesteichen gerufen ...«

»Nicht schon wieder eine Leiche«, unterbrach Tackert.

»Ja und nein«, meinte Jan geheimnisvoll. »Wie man es nimmt ...«

Jan klärte Tackert über den Grund des Einsatzes der uniformierten Beamten auf und endete mit dem Satz: »Das würde einiges erklären, findest du nicht?«

»Allerdings«, entgegnete er und machte sich umgehend gemeinsam mit Sonja auf den Weg.

Die Menschenansammlung war schon von weitem zu erkennen.

Mittlerweile hatten sich zahlreiche Schaulustige eingefunden, die aufgeregt miteinander debattierten.

Der Kern der Gruppe bestand aus den beiden uniformierten Kollegen und einem Dutzend weiterer Leute, die einen Kreis bildeten, der sich nur wenige Meter vom nordöstlichen Ufer des Döhrener Teichs entfernt, aufhielt. Am Weg standen Spaziergänger in kleinen Grüppchen.

Tackert und Sonja steuerten auf die Kollegen zu.

Sie wussten genau, was sie erwartete, aber der Anblick machte sie dann doch für einen Augenblick fassungslos.

Was für eine Sauerei.

Unbegreiflich!

Dem Gemurmel um sie herum war zu entnehmen, dass hier jeder aufgebracht, wütend und traurig war, angesichts dieser unvorstellbaren Tat.

Tackert veranlasste sofort alle nötigen Maßnahmen, beide führten mit einigen der Anwesenden ausführliche Gespräche und machten sich verschiedene Notizen.

Eine Stunde später fuhren sie ins Präsidium zurück, wo

für sechzehn Uhr kurzfristige eine Sitzung einberufen wurde.

Nach mehreren erfolglosen Tagen gab es endlich einen Grund, einen vorsichtigen Optimismus aufzubauen.

Es entstand eine Zuversicht, Blochs Mörder zu finden und vielleicht sogar auch den des Franzosen.

Allerdings lieferte diese Zuversicht auch Anlass, eine ungesunde Portion Wut anzusammeln.

***

Endlich hatte sie ihren Mann soweit.

Nach einer Anzahl von vergeblichen Versuchen, bei denen sie entweder versuchte, Druck aufzubauen oder es mit einer psychologischen Taktik probierte, gab ihr Mann gestern Abend auf und erzählte ihr alles.

Was er insgeheim hoffte, aber nicht wirklich erwartete, war ihre Reaktion. Seine Frau nahm die Geschichte in gewisser Weise sogar verständnisvoll auf und zeigte eine Sensibilität, die er so nicht erwartet hätte.

Bis in die späte Nacht diskutierten sie, welche Folgen sein Verhalten haben könnte, und welcher Weg einzuschlagen am sinnvollsten erscheint.

Die rechtliche Situation war ihnen völlig unklar.

Ein Versuch, den Sachverhalt über entsprechende Internetberichte zu klären, war unmöglich. Sie mussten aus dem Bauch heraus entscheiden.

Aber die Argumente hinsichtlich eines Für und Wider

hielten sich die Waage.

Konsequenzen waren zu befürchten. So oder so.

Auch wenn sein Handeln als emotional zu erklären war, schien es unklar, in wie weit dieses Berücksichtigung finden würde.

Die in dieser Nacht getroffene Entscheidung basierte letztendlich auf der Berichterstattung, die sie in den letzten Tagen in den Zeitungen verfolgt hatten.

Und von der sie hofften, dass es die richtige war.

Tackert und seine Kollegen zeigten sich noch immer betroffen , als der Hauptkommissar zu einer Zusammenfassung ansetzte.

»Ich denke, wir sind uns einig wenn wir davon ausgehen, dass Arne Bloch für diese Tat verantwortlich ist. Auch wenn das Ergebnis der Untersuchung noch eine Weile andauern wird, deutet doch alles darauf hin, dass er letzten Freitag in den frühen Morgenstunden das Seeadlerweibchen vorsätzlich getötet hat. - Die erste Frage, die sich dabei aufdrängt, lautet natürlich: Warum erschießt jemand ein Tier, dass noch vor zwanzig Jahren vom Aussterben bedroht war? Zumindest in Deutschland. Als größter Greifvogel Europas wurde der Seeadler jahrzehntelang unkontrolliert gejagt. Auch der Einsatz des Insektizids DDT sowie katastrophale Werte der Wasserqualität haben dazu beigetragen, dass der Seeadler bei uns nahezu ausgerottet war. Und nachdem nicht nur Umwelt- und Naturschutzverbände hocherfreut waren, dass in den letzten dreißig Jahren die Population in Norddeutschland wieder auf zirka fünfundvierzig Paare angewachsen war, und eines dieser Pärchen sich unglaublicher Weise an den Kiesteichen angesiedelt hat, kommt ein bis dahin unbescholtener Mensch daher und erschießt das Tier. - Wie wir alle wissen, glich die Meldung der nistenden Greifvögel Anfang des Jahres einer Sensation und hatte zur Folge, dass neben offiziellen Stellen auch einige Hobby-Ornithologen und Naturliebhaber den weiteren Werdegang der Ansiedlung verfolgten. Und so wissen wir, dass es nicht nur den Verlust des Weibchen zu beklagen gibt, sondern auch zwei Jungtiere vermisst werden, die im März geschlüpft sind. Allerdings befanden sich die beiden Jungen gerade im ... Ästlingsstadium, was bedeutet, dass sie kürzlich das Nest verlassen hatten und neben ersten kleinen Flugversuchen, einen großen Teil des Tages im Geäst um das Nest herum verbrachten – und somit die Unauffindbarkeit der beiden Jungtiere verschiedene Gründe haben kann. – Kommen wir also zu der wesentlichen Frage zurück, und die lautet: Warum wurde das Weibchen erschossen? Wir haben vor Ort ein Dutzend Leute getroffen, die allesamt einen bösen Verdacht hegen. - Im Bereich Wilkenburg, Laatzen, Harkenbleck ist ein Windpark geplant. Die Rede ist von achtundzwanzig Anlagen, die dort errichtet werden sollen. In zirka drei Monaten wird das planungsrechtliche Genehmigungsverfahren stattfinden, bei dem unter anderem auch eine Umweltverträglichkeitsprüfung vorgenommen wird, wie sie bei einem Volumen von mehr als zwanzig Windrädern automatisch durchgeführt wird.

Und Entscheidungen aus der Vergangenheit deuten darauf hin, dass durchaus die Möglichkeit besteht, dass der Betreiber der Anlage zumindest mit erheblichen Problemen rechnen muss. Die Ansiedlung des Seeadlerpärchens wird den Standortgegnern deutlich mehr Gewicht geben, sind sich alle Umweltverbände einig, und könnte das entscheidende Argument sein, ein Verbot oder Teilverbot auszusprechen.« Tackert legte eine Pause ein. Einen so langen Vortrag hatte er seit Langem nicht mehr gehalten.

»Ein bisschen peinlich, dass wir da nicht von selbst drauf gekommen sind«, beklagte Sonja. »Immerhin wurde vor Monaten ausführlich darüber berichtet.«

»Aber von uns wusste, glaube ich, niemand, wo genau sich die Vögel niedergelassen hatten. Ich jedenfalls nicht«, verteidigte sich Sven.

»Trotzdem. Einen ähnlichen Vorfall gab es schon vor zwei Jahren in Schleswig-Holstein. Eigentlich hätte man erwarten dürfen, dass sich jemand daran erinnert.« Das sollte nicht unbedingt vorwurfsvoll klingen, Sonja befürchtete aber, dass es das tat.

»Um welchen Konzern geht es eigentlich?«, wollte Nicola wissen, um die Diskussion zu unterbrechen. »Wer ist denn der Betreiber?«

»Die NKG- AG«, wusste Jan. Und mit einem leicht verächtlichen Unterton fügte er hinzu:

»Naturkraftgewinnung AG. – Was für eine einfallslose Namensgebung.«

»Setzen wir für die weiteren Ermittlungen voraus, dass Bloch im Auftrag des Konzerns gehandelt haben könnte?«

»Der Möglichkeit werden wir zumindest intensiv nachgehen«, hielt Tackert fest. »Allerdings würde das immer noch nicht erklären, warum er anschließend selbst getötet wurde. Es sei denn, man wollte vermeiden, dass er redet.«

»Wäre es dann nicht sinnvoller gewesen, keinen Außenstehenden hinzuzuziehen?«, überlegte Sven.

»Nur wenn man in den eigenen Reihen einen guten Schützen hat«, war Sonja überzeugt. »Gibt es auf seinem Handy keinen Hinweis, dass er mit der Firma in Kontakt stand?«

»Nein, nichts«, sagte Jan. »Wenn es einen Kontakt gab, muss der ausschließlich auf persönlicher Ebene stattgefunden haben«

»Wir sollten einen anderen wichtigen Aspekt nicht vergessen«, forderte Sven, während er schaute, ob alle Aufmerksamkeit auf ihn gerichtet war. »Wie wir heute Vormittag erfahren haben, standen die Tiere unter ständiger Beobachtung. Durch einige Mitglieder des Vogelschutzvereins genauso, wie auch durch private Naturliebhaber. Und unter diesen Leuten könnte Blochs Mörder zu finden sein ... oder wenigstens einer der Täter, sollten es tatsächlich zwei sein. Und natürlich auch der Mörder des Obdachlosen.«

»Stimmt! - Das würde sich zumindest mit der Aussage des Franzosen decken«, unterstrich Nicola. »Allerdings werden das nicht wenige sein. Wo sonst gab es ein Seeadlerpärchen in freier Natur zu beobachten?«

Joachim Haber war der Vorsitzende des Vogelschutzvereins, der auch verschiedenen Umweltorganisationen angeschlossen war.

Über einen Mangel an aktiven Mitgliedern konnte er sich nicht beklagen. Tausendsiebenhundert Interessierte hatten sich dem Verein angeschlossen, erfuhren Tackert und Sven am nächsten Tag, als sie ihn aufsuchten.

Und mit ein wenig Stolz fügte er hinzu, dass ein guter Anteil an jungen Leuten dabei sei, was die Hoffnung aufrecht erhalten würde, dass auch zukünftige Generationen dafür eintreten werden, die Umwelt nicht komplett zu zerstören.

Als Tackert und Sven den Grund ihres Besuchs vorgetragen hatten, nahm der Vereinsvorsitzende eine verteidigende Haltung ein. - Im Kreise der Vereinsmitglieder wäre ganz bestimmt kein Mörder zu finden, erklärte er nachdrücklich. Alle hier sind daran interessiert, Leben zu schützen und nicht zu vernichten. Ihm sei nicht eine Person bekannt, der er eine Gewalttat zutrauen würde.

Außerdem erfuhren sie, dass von den zweiundzwanzig Vereinsmitgliedern, die sich intensiv mit dem Adlerpärchen beschäftigten, acht im Rentenalter und sieben unter vierzehn Jahre alt waren.

Trotzdem forderte Tackert eine Liste aller Vereinsmitglieder an, die älter als zwölf waren, verbunden mit der Bitte, alle Personen, die sich regelmäßig um die Greifvögel kümmerten, besonders zu kennzeichnen.

Joachim Haber wurde ein wenig ungehalten.

Um ihn zu beruhigen erklärte Tackert, dass die Möglichkeit bestand, dass eine dieser Personen eventuell den

Mörder Arne Blochs gesehen haben könnte, und somit einen wesentlichen Beitrag zur Aufklärung beisteuern konnte.

Aber er erkannte, dass sein Gegenüber unverändert angefressen war.

Da nützte es auch nichts, dass Sven noch ergänzte, dass man nie voraussehen kann, wie selbst der friedvollste Mensch reagiert, wenn vor seinen Augen ein Tier vollkommen sinnlos erschossen wird.

Eine halbe Stunde später wurde ihnen die Liste ausgehändigt und sie machten sich auf den Weg zum Auto.

Zurück ließen sie einen Vereinsvorsitzenden, der nicht verstehen konnte, wie die Polizei auf die Idee kommt, ausgerechnet unter den Naturfreunden einen Mörder zu vermuten.

Das nächste Ziel der Ermittler war die NKG-AG.

Jan war immer noch mit den Recherchen zu dem Obdachlosen beschäftigt. Einige Informationen hatten sich auftreiben lassen, aber etwas erkennbar Wichtiges war nicht dabei.

Einige Punks am Opernhaus sagten aus, dass der Franzose bis vor einigen Wochen einen Hund besaß, der einen vergifteten Köder gefressen hatte, und er sehr unter dem plötzlichen Verlust gelitten hat.

Ein Wohnungsloser, der den Franzosen von diversen Tafeln kannte, wusste zu berichten, dass Rainer Brandt fast ausschließlich davon redete, wieder einen festen Wohnsitz anzustreben. Über andere Themen konnte man mit ihm schlecht reden.

Von einem anderen kam der Hinweis, dass er sich in den warmen Monaten überwiegend an den Kiesteichen aufgehalten hat und dort mehrere, auch witterungsgeschützte, Schlafstellen hatte. Wo genau, war ihm aber nicht bekannt.

Und ein Vierter meinte zu wissen, dass er strikter Antialkoholiker war und sich fleischlos ernährte, wann immer es möglich war.

Also alles Inhalte, die für die Ermittlungen wenig Bedeutung hatten, stellte Jan fest.

Der Windanlagenbetreiber hatte sich im Stadtteil Wülfel niedergelassen, wo der Anteil an Gewerbe- und Handelsbetrieben vergleichsweise gering ausfiel.

In einem schmucklosen Gebäude waren annähernd dreißig Mitarbeiter damit beschäftigt, letzte Vorbereitungen für den geplanten Windpark Laatzen-West abzuschließen.

Aus vergangenen Projekten war das Thema Umweltverträglichkeit bestens bekannt.

Wegen der unerwarteten Ansiedlung der Seeadler arbeitete man auf Hochtouren an letzten Planungsänderungen, um eventuellen Auflagen der Behörden möglichst schnell zu entgegnen. Gelassen sah man dem Genehmigungsverfahren entgegen. Schließlich konnte man auf eine bestimmte Erfahrung zurückgreifen.

Weniger gelassen verfolgte man die Berichterstattung

der lokalen Tageszeitungen.

Obwohl der Tod der Vögel gelegen kam, war man wenig glücklich über die Vorkommnisse. Der Firmenname im Zusammenhang mit zwei Morden und einem getöteten Greifvogel war keine gute Presse. Immer wieder waren Andeutungen zu lesen.

Aber noch weniger erfreut war man über den Besuch der Kriminalpolizei, die sich gerade unangemeldet im Hause befand.

Tackert und Sven trafen auf einen Herrn Meyerling, der sie freundlich in Empfang nahm. Der Verantwortliche der hannoverschen Niederlassung der NKG wirkte kompetent und selbstbewusst.

»Was kann ich für sie tun, meine Herren?«, fragte Herr Meyerling förmlich.

»Ich denke, sie sind über die Geschehnisse rund um das Seeadlerweibchen, und den damit im Zusammenhang stehenden Mord im Bilde, Herr Meyerling«, stellte Tackert eher fest, als er fragte. »Und ich gehe einmal davon aus, dass ihnen auch nicht unbekannt ist, dass der geplante Windpark westlich von Laatzen im Verdacht steht, eventuell damit im Zusammenhang zu stehen?«

»Ich lese Zeitung, Herr Tackert. Natürlich weiß ich von den fürchterlichen Ereignissen. Ich möchte aber gleich festhalten, dass ich mich gegen jeden Verdacht, über einen Zusammenhang mit unserem Windanlagenprojekt, mit aller Entschiedenheit wehren muss. Ich kann ihnen versichern, dass die NKG nichts, aber auch wirklich gar nichts, mit den Vorfällen zu tun hat.«

»Aber sie werden zugeben müssen, dass der Verdacht

naheliegt. Das ist bereits – nach dem ebenfalls getöteten Adler in Schleswig-Holstein vor zwei Jahren – der zweite Fall, bei dem die NKG im Zusammenhang mit einem Tiertötungsdelikt steht. Und das macht schon einen sehr komischen Eindruck, finden sie nicht?«

»Ja. Ich bin mir darüber im Klaren, dass radikale Umweltschützer das Unternehmen im Verdacht haben. Aber sie dürfen mir glauben: Von der Sekretärin aus dem Planungsbüro bis in die Vorstandsetage werden sie niemanden finden, der auch nur ansatzweise eine Mitschuld an den Tiermorden trägt. – Im Übrigen beschäftigen wir zwei Mitarbeiter, die sich bereits in der ersten Planungsphase ausgiebig mit der Umweltproblematik befassen.«

»Was aber im Falle von Veränderungen, beispielsweise der Ansiedlung von außergewöhnlichen Tierarten, eine kurzfristige Neuplanung erforderlich machen würde«, schalte sich Sven ein.

»Können sie das, bei einem so großen Projekt?«

»Wir versuchen zumindest alles Menschenmögliche, Umweltveränderungen zu berücksichtigen. Und nötige Planungsänderungen werden rechtzeitig einkalkuliert«, behauptete Herr Meyerling.

Allerdings merkte er selbst, welcher Zweifel in seiner Stimme lag.

»Welche Maßnahmen haben sie denn im aktuellen Fall vorgenommen?« Tackert lauerte förmlich auf die Antwort und fixierte den Mann geradezu.

»Für Änderungen war es zu spät«, erklärte Herr Meyerling, der versuchte, seiner Stimme ein Bedauern hinzuzufügen.

»Der Antrag für das Genehmigungsverfahren war bereits eingereicht. Aber das spielt auch keine Rolle. Das Gesamtkonzept ist so ausgelegt, dass der Abstand zu Brutplätzen, Nahrungsgründen oder Fluchtwegen von ansässigen Tierarten ausreichend groß ist und selbst Umweltverbände zufriedenstellen sollte. Was übrigens ein weiteres Argument dafür ist, dass von unserer Seite kein Interesse an der Tötung des Greifvogels bestand.«

»Wer würde am meisten verlieren, sollte der Park nicht genehmigt werden?« Sven merkte sofort, dass er die Frage eigentlich auch selbst beantworten konnte. – Aber jetzt war es zu spät.

»Alle«, erklärte Meyerling. »Die Mitarbeiter, die um ihren Job fürchten, genauso, wie die Führungsetage und vermutlich auch die Aktionäre. Aber dazu wird es nicht kommen. Wir sind erfahren genug, um einige Alternativen anbieten zu können. Der Bau des geplanten Windparks wird auf jeden Fall stattfinden, davon können sie ausgehen. – Ich gehe ganz fest davon aus.«

»Wären sie genauso überzeugt, wenn der Seeadler noch leben würde? Einschließlich einer erfolgreichen Brut?«

»Ja«, kam eine entschlossene Antwort.

»Vielleicht hätte die Anzahl der Räder um vier Anlagen reduziert werden müssen. - Aber der Park wird gebaut, davon bin ich fest überzeugt.«

Informationen, den Franzosen betreffend, trafen nur schleppend ein.

Selbst der Rechtsmediziner teilte mit, dass es noch ein paar Tage dauern würde.

Die Todesursache war klar, wie auch der ungefähre Todeszeitpunkt und das müsste fürs Erste reichen. Ein ausführlicher Bericht würde in Kürze folgen, entschuldigte sich Dr. Schröder.

Die Untersuchung des Tatortes brachte keine weiteren Hinweise. Von den drei gesuchten Gegenständen fand man keinen einzigen. Und ein Zeuge war auch nicht in Sicht.

Selbst die Suche nach den Familienangehörigen gestaltete sich schwierig.

Tackert hatte die Schnauze gestrichen voll.

Sie hatten zwei Morde auf dem Tisch, deren Aufklärung scheinbar im Nirvana lag.

Und das war nicht alles. Dazu kam noch der tote Raubvogel. Plus die Aufforderung seines Chefs, umgehend anzutanzen. Plus einer dezimierten Mannschaftsstärke in seinem Aquarium.

Null, musste er festhalten.

Null Punkte auf seiner Wohlfühlskala. Aber es half alles nichts. Also machte er sich auf den Weg zum Chef.

»Was ist jetzt mit dem ...äh, wie heißt er noch gleich? ... Arne Bloch? Hat er nun den Vogel abgeschossen oder nicht? Die Presse sitzt mir im Nacken und erwartet vernünftige Informationen. Und vielleicht ist es besser, die kommen von uns, als von den ganzen Tierschützern.«

»Erschossen, nicht abgeschossen«, erwiderte er genervt.

»Was erschossen ...?«

»Bloch hat das Tier erschossen, nicht abgeschossen. Wenn du aber in deiner Pressemitteilung lieber angeben möchtest, dass Arne Bloch den Vogel abgeschossen hat, kannst du das natürlich machen.«

»Wortklauberei. - Erschossen! Abgeschossen! Scheißegal. – Es ist also erwiesen das er ... äh ... der Bloch, das Tier getötet hat?«

»Ja.«

»Und warum?« Der Chef fixierte ihn scharf. Als nach wenigen Augenblicken keine Antwort kam, wiederholte er die Frage. »Warum?«

»Das wissen wir noch nicht genau. Möglich, dass er bezahlt wurde. Die Ermittlungen sind noch nicht abgeschlossen. Folgen wir den ganzen Vermutungen der Naturschutzverbände, käme die NKG als Auftraggeber in Frage.«

»Wer?«

»Der Betreiber des Windparks. Also: der zukünftige Betreiber ...«

»Beweise?«

»Noch nicht ...«

Tackerts Wohlfühlskala erreichte langsam aber sicher den absoluten Nullpunkt, wie er glaubte.

»Und um ehrlich zu sein, wird ein Zusammenhang, sollte es denn tatsächlich einen geben, nur schwer zu beweisen sein. Es gibt nicht den Hauch eines Hinweises.«

»Nicht den Hauch? ... Ihr solltet euch mal ein Beispiel an

der Arbeit der Fuhrberger Kollegen nehmen. Zwei Stunden, sage ich nur. - Was macht ihr da eigentlich den ganzen Tag? – Mit fünf Leuten?«

Fuhrberger Kollegen? – Zwei Stunden? – Was redet er da?

Tackert war jetzt richtig verärgert.

»Chemtrails beobachten«, schnaufte er heraus.

»Was?«, rief ihm der Chef entgegen. »Was beobachten?«

»Und Shiva-Tee trinken«, warf er noch hinterher.

Mit einer schnellen Bewegung erhob er sich, schenkte dem Chef noch ein Mächte-der-Finsternis-Lächeln - was allerdings misslungen war, wie er befürchtete, - und verließ den Raum.

Höchste Zeit, das Arschloch in Pension zu schicken.

Es wird immer schlimmer ...

Zwei Stunden später hatte sich Tackert wieder beruhigt.

Maßgeblich waren die Goldfische dafür verantwortlich, die scheinbar ein Sondertraining absolvierten und wie kleine Gondeln stumm durchs Wasser schwebten.

Nicola betrat das Zimmer und hatte Sonja, Jan und Sven im Schlepptau. »Was hältst du davon, wenn wir uns heute Abend spontan zum Grillen bei mir im Garten treffen. Das Wetter ist super, morgen ist Wochenende, da können wir ruhig mal etwas später im Dienst erscheinen, und ich fände es nett, wenn man sich auch mal privat sehen würde. Einzige Voraussetzung: Keine Gespräche über Bloch, Franzosen oder Greifvögel.«

»Super Idee«, war Jan begeistert.

»Allerdings muss ich heute Abend auf unseren Sohn aufpassen, und so schnell werden wir keinen Babysitter finden.«

»Kein Problem«, lächelte Nicola. »Den bringst du einfach mit.«

»Ich finde die Idee auch richtig gut«, meinte Sven, und auch Sonja nickte zustimmend mit dem Kopf.

»Richard? Was sagst du?«

»Sehr gerne. - Aber die Kosten werden geteilt und ich übernehme die Getränke.«

»Okay«, freute sich Nicola. »Essen alle Fleisch oder möchte jemand etwas anderes? – Nein? – Gut. Dann mache ich jetzt Feierabend und bereite alles vor. Um neunzehn Uhr dann bei mir. Adresse ist ja bekannt.«

Nicola hatte vor vier Monaten ein kleines Reihenhaus in Anderten bezogen. Die Miete war überschaubar, wie auch das fünfundsiebzig Quadratmeter Haus mit dem kleinen Garten.

Aber sie fühlte sich hier pudelwohl. Genau das, was sie gesucht hatte.

Die Kollegen trafen zur vereinbarten Zeit ein, und Ole, der achtjährige Sohn Jans, verschwand schon nach wenigen Minuten bei den Nachbarn. Dort tobten drei etwa gleichaltrige Kinder in einem aufblasbaren Swimmingpool und erklärten der Welt, dass es für wahre Lebensfreude nur geringe Investitionen braucht.

Tackert konnte nicht anders und inspizierte erst mal

unauffällig auffällig das Häuschen.

Sympathisches, aber durchdachtes, Chaos. Wenig und einfaches, zweckmäßiges Mobiliar, dezent platziert. An den Wänden viele gerahmte Fotos, ausschließlich schwarzweiß. Ausgesuchte Motive unterschiedlichen Inhalts, denen er fast allen einen künstlerischen Aspekt zuordnen würde. Dazu die warmen, aufeinander abgestimmten Farben.

Hier lag eine beruhigende Atmosphäre in den Räumen.

Scheinbar besaß Nicola ein Händchen fürs Interieur, überlegte er.

»Ich kann gut verstehen, dass du dich in deinem Häuschen wohlfühlst«, sagte Tackert zu Nicola, als er den Garten betrat. »Macht einen gemütlichen Eindruck. – Hast du die tollen Fotos gemacht?«

»Ja«, antwortete sie. »Eine meiner Leidenschaften, das Fotografieren.«

»Die machen auch einen sehr professionellen Eindruck.«

Erstaunlicherweise hielt sich jeder an die Vereinbarung, und sie fanden Themen, die nichts mit der Polizeiarbeit zu tun hatten.

Sie verloren sich in tagespolitischen Themen oder auch Urlaubsreise und Sport. Aus dem Nachbargarten waren die jauchzenden Geräusche der Badenden zu vernehmen.

»Kinder«, rief Nicola über die Hecke. »Die Würstchen sind fertig.«

»Gibt es auch Pommes?«. fragte eins der Kinder außer Atem.

»Nein! – Aber Kartoffelsalat.«

»K a r t o f f e l s a l a t«, meckerte ein anderes Kind mit blauen Lippen. »Ich will aber Pommes.«

»Das ist kein normaler Kartoffelsalat«, erklärte Nicola.

»Sondern Kartoffelsalat, den auch die Minions essen. Nur wer von dem Kartoffelsalat isst, kann vielleicht ihre Sprache verstehen. – Aber nur vielleicht.«

Innerhalb von Sekunden standen alle parat, um Kartoffelsalat in Empfang zu nehmen.

Tackert staunte nicht schlecht. So einfach ist Kindererziehung? – Aber wer oder was sind Minions?

Zu fragen traute er sich aber nicht.

Sonst steh ich noch vor der Schar nasser Zwerge als Volltrottel da, dachte er. Und als Hauptkommissar muss man darauf achten, nicht die Autorität zu verlieren.

Jan war begeistert, wie es Nicola verstand, die Kinder zu überzeugen.

Tackert war begeistert, wie es Nicola verstand, eine entstehende Protestbewegung quasi im Keim zu ersticken.

Während des Essens schlief die Unterhaltung natürlich etwas ein und beschränkte fast sich auf die Frage, welches hochprozentige Gegenmittel man dem würzigen Fleisch entgegensetzten sollte.

Bis auf Jan, der keinen Alkohol trank weil er noch fahren musste, wollten alle einen Ouzo. Sven nahm die Gelegenheit wahr, die Gesprächsleitung zu übernehmen.

»Was sagt ein Keks zu einem anderen?«, warf er erwartungsvoll in die Runde.

Noch bevor jemand reagieren konnte, brüllte eine Kinderstimme aus dem Nachbargarten: »Ich verkrümel mich.« Alle Blicke richteten sich auf Sven und hatten den gleichen Ausdruck. Aus dem Nachbargarten war feierliches Kinderlachen zu hören.

Aber Sven wäre nicht Sven, wenn er sich davon beeindrucken lassen würde:

»Richtig! - Aber was sagen zwei Bomben, die im Keller sitzen?«

Überall herrschte Stille. Mit einer gewissen Genugtuung zelebrierte er die Antwort: »Lass uns jetzt hochgehen.«

Jemand muss eingreifen, sagte sich Tackert, sonst geht das die nächste halbe Stunde so weiter.

»Elisa möchte, dass wir eine gemeinsame Wohnung beziehen.« - Verdammt! So ein Mist. Wie komm ich da jetzt drauf? Davon wollte er doch niemandem erzählen. Und jetzt wissen es gleich alle.

»Das hört sich ja so an, als wärst du wenig begeistert?«, reagierte Sonja als erste.

»Das macht doch Sinn«, schaltete Sven sich ein. »Dann fallen wenigstens die doppelten Kosten weg.«

Und Nicola wollte wissen: »Spricht denn irgendetwas dagegen?«

»Mein Dienst.« Tackert suchte in den Blicken der anderen nach Verständnis. »Die unregelmäßige Arbeitszeit. Die nächtlichen Anrufe. Die Gefahr, der man mittunter ausgesetzt ist. Nichts kann man planen ...«

»Ja. Und die Kompromissbereitschaft, die nötig wäre«, lachte Sonja ihm ins Gesicht. »Die Verantwortung, die man übernehmen muss. Die Rücksichtnahme. Das Verständnis. – Mal ehrlich, Richard. Wovor hast du Angst?«

»Keine Angst. - Es ist nur, dass ich be ...«

»Napoleon«, brüllte auf einmal Nicola dazwischen und sprang auf. »Weg da, sonst erlebst du hier gleich dein persönliches Waterloo.«

Mit ein paar schnellen Schritten eilte sie zu dem Beistelltisch, auf dem das fertige Fleisch stand.

Die Kollegen konnten beobachteten, wie eine rothaarige Katze Richtung Nachbargrundstück flüchtete und hinter der Hecke verschwand.

»Der Kater aus der Nachbarschaft«, erklärte Nicola. »Wahrscheinlich wieder auf Beutezügen ... «

Tackert erkannte sofort seine Chance, das Thema zu wechseln und sagte schnell:

»Napoleon? – Schon komisch, was die Leute ihren Tieren für Namen geben. Ich kenne zum Beispiel einen Zwergpinscher, der Batman heißt ... oder ein weißes Pony mit dem Namen Peter ...«

»Oder Goldfische, die Fußballernamen tragen«, ergänzte Jan.

»Ist dir eigentlich noch nicht aufgefallen, dass die Truppe wieder vollzählig ist?«, erkundigte sich Nicola und zeigte dabei ein Millionen-Dollar-Lächeln.

Tackert warf ihr einen Blick zu, der die Frage eigentlich beantwortete.

»Wie? Vollzählig?«

»Also nein. – Sehr enttäuschend, auch wenn ich zugeben muss, dass Mesut II dem Manuel zum Verwechseln ähnlich sieht.«

»Mesut II? – Hm? – Seit wann ...?«

»Gestern Mittag.«

Tackert schämte sich ein wenig, weil er das Gefühl hatte, Nicolas nette Geste einfach übergangen zu haben. Deswegen überlegte er einen Moment, aber ihm fiel nichts Besonderes ein und antwortete daher:

»Mensch Mädchen! – Du bist wie *Maradona* ... wie die Hand Gottes. – Vielen Dank!«

Mittlerweile war es fast zweiundzwanzig Uhr und der Lautstärkepegel nahm zu.

Jenseits der Hecke wegen eines immer noch anhaltenden Planschvergnügens, diesseits wegen der inzwischen leeren Ouzoflasche.

»Muss Ole nicht langsam ins Bett?«, erkundigte sich Sonja.

»Eigentlich schon«, bestätigte Jan. »Aber den kann ich da jetzt unmöglich wegholen, während alle anderen weitertoben.«

Eine Stunde später wurde aber das Schwimmbad wegen Wassermangel geschlossen und der Bademeister kündigte freundlich aber entschieden den Zapfenstreich an.

In Nicolas Garten folgte der Zapfenstreich eine Stunde später.

Alle waren sich einig, dass es ein sehr schöner Abend gewesen sei und unbedingt wiederholt werden müsse.

Als sie vor Nicolas Häuschen standen und auf das Taxi warteten, zog der kleine Ole, der schläfrig auf Jans Arm ruhte, Sven am Ärmel und grinste ihn an. Mit müder Stimme fragte er:

»Was sagt ... ein Kaffeelöffel ... zum Kaffeefilter? – Du bist ... wohl nicht ganz dicht.«

Sven lachte, wie seine Kollegen ihn noch nie lachen

gehört haben. Er hob seine Hand und Ole verstand die Geste sofort.

Ein schwungvolles High five besiegelte eine neue Freundschaft.

Pfarrer Schwarzenbach befand sich in einem Dilemma.

Das Gespräch mit den beiden Polizistinnen hatte ihn verunsichert und er fragte sich, welche Möglichkeit es gab, der Schweigepflicht gerecht zu werden, aber trotzdem den Ermittlern eine wichtige Information zuzuspielen.

Das Wissen, dass er besaß, würde die Polizei einen Schritt weiterbringen. Aber sowohl die gesetzliche Regelung, wie auch die Vorgaben der Kirche waren eindeutig. Und eine der möglichen Ausnahmesituationen lag nicht vor.

Seine erste Idee, ein Gespräch mit dem Bischoff zu suchen, verwarf er als unsinnig. Dessen Antwort stand fest, da bestand kein Zweifel. Also musste er alleine einen Weg finden.

Er suchte nach der Möglichkeit einer geschickten Formulierung, aber ihm wollte nichts einfallen. Mit Andeutungen konnte die Polizei nichts anfangen. Der Inhalt muss für die Beamten eindeutig und unmissverständlich sein, sonst bestand die Gefahr, dass Unbeteiligte mit hineingezogen wurden, und das war das Letzte, was er erreichen wollte.

Er dachte an die Möglichkeit, Sigrid Rosenberg mit einzubeziehen.

Aber er wusste von der labilen Verfassung, in der sich Blochs Ex befand und entschied schnell, dass das Risiko als unkalkulierbar einzustufen sei.

Aber wer kam sonst in Frage?

Ihm fiel niemand ein, ... weil es niemanden gab. So einfach war das. Und das musste er akzeptieren.

Eine schwierige Situation, in der er sich befand.

Er würde beten und hoffen, dass Gott ihm eine Möglichkeit zeigte, einen geeigneten Weg zu finden.

Der Samstag brachte den erwarteten Wetterumschwung. Sintflutartige Niederschläge und schwere Gewitter zogen über die Stadt und fegten die Straßen leer.

Die Kanalisation war den Anforderungen nicht mehr gewachsen und auf dem Asphalt bildeten sich überall große Wassermengen, die den Verkehr stellenweise fast zum Erliegen brachten.

Dieter und Helmut hatten Glück.

In aller Frühe waren sie nach Linden aufgebrochen und saßen geschützt und trocken in einer der Lebensmittelausgabestellen der Stadt.

Dieter lebte seit zwei Jahren auf der Straße, Helmut sogar ein Jahr länger. Immer wieder mal kreuzten sich ihre Wege. Dann zogen sie ein paar Tage gemeinsam durch die Stadt und versuchten sich gegenseitig zu motivieren, wenn erneut Hoffnung aufkam, den Weg zurück in ein geordnetes Leben zu finden.

Und diese Hoffnung war bei Dieter derzeit deutlich stärker ausgeprägt als bei Helmut, was einen triftigen Grund hatte.

Eigentlich hatte Dieter für heute ein ganz anderes Ziel ins Auge gefasst, aber wegen der verheerenden Wetterlage hatte er kurzfristig umplanen müssen.

Er war sechsunddreißig Jahre alt, von Beruf einmal Schlosser, und seit einigen Tagen Geheimnisträger.

Und im Moment war er unsicher, ob er Helmut in dieses Geheimnis einweihen sollte oder nicht.

Sein Wissen hatte einen Wert von zehntausend Euro und niemand ahnte davon.

Aber da gab es dieses kleine Problem.

Er wusste nicht genau, wo er nach dem Geld suchen sollte, und es war denkbar, dass Helmut einen entscheidenden Tipp liefern konnte. Ganz sicher war das aber nicht. Das war mehr so eine Vermutung, die allerdings nicht ganz unbegründet war.

Was, wenn Helmut nicht die geringste Ahnung hat? Dann hätte er sein Wissen umsonst geteilt und das wäre das dümmste, was er machen konnte.

Er versuchte, in ihrem Gespräch eine klitzekleine Andeutung unterzubringen, die, wie er meinte, unverfänglich war und doch deutlich genug.

Helmut allerdings reagierte in keiner Form. Scheinbar war er nicht eingeweiht.

Also entschloss er sich, sein Geheimnis zu wahren und weiter darauf zu vertrauen, dass er der Einzige war, der wusste, dass der ursprüngliche Besitzer der zehntausend Euro irgendwo mausetot auf einem kalten Metalltisch lag.

***

Im Polizeipräsidium drohte der Frust in die Räume der fünf Ermittler einzukehren. Ihre Arbeit wurde immer häufiger zur Routine.

Tackert saß vor den Tatortfotos, die er fein säuberlich auf seinem Schreibtisch angeordnet hatte. Auf der linken Seite der Fall Bloch, auf der rechten Seite der Fall Franzose.

Er starrte nun schon eine ganze Weile auf die Fotografien und merkte, dass es ihm schwerfiel, sich zu konzentrieren.

Ihm war, als ob er auf einen Zauber wartete, der eine telepathische Verbindung zwischen Fotopapier und Gehirn ermöglicht. Ähnlich, wie die Aliens eine telepathische Kommunikationsform benutzen, wie ja spätestens seit neunzehnhunderteinundsechzig bekannt sein sollte. Als nämlich Betty und Barney in den White Mountains samt ihrem Auto von Außerirdischen entführt wurden.

Diese Nahbegegnung der vierten Art sorgt bis heute für Diskussionen, und Anhänger wie Skeptiker der Geschichte finden sich überall auf der Welt.

Er schüttelte den Gedanken ab: Schließlich werden die Aliens wohl kaum die Gestalt von Fotopapier annehmen, um mit der menschlichen Spezies in Kontakt zu treten.

Warum wurde Bloch zuerst mit einer Eisenstange angegriffen und später erwürgt? - Wenig später.

Weil er da bereits schwer verletzt war? Weil er sich nicht mehr entschieden wehren konnte?

Und immer noch die Frage nach der Anzahl der Täter. War es wirklich möglich, dass zwei Unbekannte es innerhalb weniger Minuten auf Bloch abgesehen hatten? Am gleichen Ort? - Eher unwahrscheinlich! Oder doch nicht?

Gab es den Kontakt zu dem Windanlagenbetreiber?

Hat er eventuell tatsächlich in deren Auftrag den Seeadler getötet? Vorstellbar war das, keine Frage. Schließlich ging es hier um ein Millionenprojekt. Aber wie sollte man das nachweisen, wenn es wirklich stimmte?

Und der Franzose?

Drei Messerstiche, zwei in die Lunge, einer im Bauchraum. Aber wer könnte ein Motiv haben und wie sollte das aussehen?

Jemand aus seinen eigenen Kreisen?

Warum war nicht mehr über seine Person zu erfahren?

Woher sollten die Informationen überhaupt kommen, wenn nicht einmal andere Betroffene viel über ihn berichten konnten?

Von seiner Ex wussten sie, dass sie nach Norwegen ausgewandert war und dort als Krankenschwester arbeitete. Aber sie hatten sie noch nicht erreichen können.

Und sonst? – Weder die Ämter noch die sozialen Einrichtungen konnten weiterführende Informationen liefern.

Ein ungern gesehenes Mitglied unserer Gesellschaft. Ungeliebt und bestenfalls geduldet.

Nur die Punks zeigten so etwas wie Mitgefühl. Ausgerechnet die Punks. Wahrscheinlich wegen des Hundes?

Gut möglich, dass sein Hund ausschlaggebend für den Kontakt zu ihnen war, der offensichtlich bestand. Vielleicht spielt der vergiftete Hund auch eine wesentliche Rolle? Vielleicht war er sogar der Auslöser für einen Streit, der eskalierte?

Warum gab er einen falschen Namen an, als sie sich neulich begegnet waren?

Und die hundertachtzig Euro?

Der Marktroller, der Rucksack, die nicht gefunden wurden?

Würde deren Inhalt Hinweise enthalten, Erklärungen liefern?

Hat der Täter die beiden Teile mitgenommen? Versteckt?

Oder gab es einen Zusammenhang der beiden Taten?

Hatte der Franzose sehr viel mehr gesehen, als er ihm erzählt hat? Kannte er letzten Endes Blochs Mörder und musste deswegen sterben?

Tackert befreite sich von den vielen Fragen, ging nach nebenan und nahm schwerfällig Sonja gegenüber auf einem Stuhl Platz.

»Wir müssen nochmal mit seiner Ex und seiner Bekannten sprechen, der Frau ...?«

»Klöckner, Miriam Klöckner«, half Sonja.

»Genau.«

»Glaubst du wirklich, dass ein weiteres Gespräch mit der Rosenberg auch nur irgendetwas Sinnvolles einbringen könnte?«, zweifelte Sonja.

»Ich hoffe es zumindest. Sie muss ja auch mal lichte Momente haben. Wichtiger wäre ohnehin die Klöckner. - Ich bin davon überzeugt, dass Bloch den Vogel nicht aus Langeweile, oder wie du das auch immer nennen willst, erschossen hat. Entweder wurde er bezahlt ... oder erpresst.«

»Und wenn er erpresst wurde, muss er erpressbar gewesen sein.«

»Richtig! Es gibt aber nicht den geringsten Anhaltspunkt, warum er das gewesen sein sollte? Wir wissen von keinen Auffälligkeiten und daher könnte es wichtig sein, die Frage zu klären: Warum hat er seiner Freundin gegenüber gelogen, wenn er ihr erzählte, samstags Fußball zu spielen? Warum tat er das? Was hat er samstags getrieben? Vielleicht findet sich hier der Grund, der ihn erpressbar gemacht hat?«

»Oder der Grund, warum er sterben musste.«

Tackert drehte den Kopf und blickte aus dem Fenster, wo der Regen unverändert in breiten Fäden die Straßen unter Wasser setzte. Irgendwo bellte laut ein Hund.

»Was hat denn eigentlich die Untersuchung der KTU ergeben? Hat er das Gewehr geklaut?«, fragte Sonja nach.

»Es gab doch Fingerabdrücke ...?«

»Ja. – Seine, und die von weiteren achtzehn Personen, allesamt aus dem Verein, was natürlich nicht überrascht. - Ist noch völlig unklar, wer das war.«

»Stimmt es, dass die Alarmanlage außer Kraft gesetzt wurde?«

»Ja. – Die KTU sagt, das alte Ding hat aber sowieso nicht funktioniert. - Und die Spuren an der Tür lassen vermuten, dass es keine Profis waren. Aber darum kümmern sich schon die Kollegen vom Einbruch ...«

***

Am Montag suchten Tackert und Sven Miriam Klöckner auf, die nach ein paar Tagen Urlaub heute wieder im Dienst erschienen war.

Beide dachten im Stillen, dass man ihr ansah, dass der plötzliche Tod ihres Partners ihr noch sehr zu schaffen machte.

Behutsam versuchte Tackert, eine geeignete Formulierung zu finden als das Gespräch zu der Frage kam, wie Bloch seine Samstage verbracht haben könnte.

»Ich weiß es nicht«, sagte sie traurig. »Die Frage habe ich mir die letzten Tage auch immer wieder gestellt. Es gab doch überhaupt keinen Grund, mich anzulügen. Wenn Arne die Tage lieber für sich alleine gehabt hätte, hätte er das doch nur sagen brauchen. Ich kann ihnen da nicht helfen. Ich habe keine Erklärung und auch keine Vermutung, warum er nicht die Wahrheit gesagt hat.«

»Eine andere Frau vielleicht?«, versuchte es Sven mit gesenkter Stimme.

»Möglich ist das natürlich, aber ich kann es mir nicht vorstellen«, entgegnete sie nachdenklich.

»Ich habe Arne immer so eingeschätzt, dass er kein Fremdgeher ist. – Unsere Beziehung war harmonisch und innig. - Nein! Das schließe ich eigentlich aus. Es muss einen anderen Grund geben.«

»War er in den letzten Wochen irgendwie verändert? Ängstlicher? Oder nachdenklicher? Verschwiegener?«

»Nein, überhaupt nicht.«

»Zeigte er ein plötzliches Interesse an ungewöhnlichen Themen? – Gab es neue Freunde?«

»Auch nicht.«

»Wie sah denn ihr Freundeskreis aus«, schaltete sich Sven wieder ein. »Zu wem gab es einen intensiveren Kontakt?«

»Zu den engeren Freunden zählten eigentlich nur wenige. Vielleicht sechs bis sieben. Die meisten waren nur entfernte Bekannte«, entschied sie nach kurzem Überlegen. Sie erkannte Svens fragenden Blick und fuhr fort:

»Aus dem Schützenverein waren das Ingo Berg und Dennis Schmidt. Dann noch Thorsten Bitter aus dem Fußballverein, unser Arbeitskollege Sascha Klinger und Heiner Schuster, den er schon seit seiner Schulzeit kannte. Und natürlich Markus, sein engster Freund. Markus Schindel.«

»Was macht dieser Markus Schindel beruflich.« Tackert hoffte insgeheim auf eine überraschende Antwort.

»Der arbeitet als Tontechniker beim Rundfunk.«

Mit seiner nächsten Frage ließ sich Tackert Zeit.

»Kennen sie oder kannte Herr Bloch jemanden in Reihen der NKG ... dem Windkraftunternehmen?«

»Nein«, kam postwendend die Antwort. »Ganz bestimmt nicht. Ich kenne dort keinen und Arne kannte sicherlich auch niemanden.« Es entstand eine Pause, in der keiner etwas sagte.

»Das heißt: Ich glaube, die Frau von Thorsten – Thorsten Bitter – arbeitet in einem Unternehmen, dass mit alternativer Energie zu tun hat, aber fragen sie mich nicht wo.«

Sonja und Nicola starteten einen neuen Versuch und fuhren zu Sigrid Rosenberg.

Unterwegs ließ Nicola anklingen, dass sie ein wenig hoffnungsvoll war. Dass sich vielleicht etwas heraushören ließ zwischen all den Worten, die einen leicht verworrenen Eindruck machten. Man muss die Passagen nur erkennen, sagte sie, was natürlich nicht einfach war.

Sonja war da etwas skeptischer.

Zum einen war sie der Meinung, dass es wahrscheinlich seit mehreren Jahren keinen Kontakt zwischen Arne Bloch und seiner Ex gab. Zum anderen war sie überzeugt, dass Frau Rosenberg ernsthaft psychisch erkrankt war.

Wie schon beim letzten Mal öffnete Frau Rosenberg unmittelbar nach dem ersten Klingeln die Wohnungstür. Sie begrüßte die beiden Beamtinnen in einer Art, als wären sie verabredet. Kein Anzeichen von Erstaunen, von Überraschung.

Und schon nach einem kurzen Augenblick kam die Frage, auf die zumindest Nicola förmlich gewartet hat.

»Darf ich ihnen einen Tee anbieten?«

»Danke gerne, Frau Rosenberg«, zeigte sie sich erfreut. »Das ist sehr nett. Ich würde gerne einen Tee nehmen.«

Sonja sah den fragenden Blick und gab der Hausherrin durch ein Kopfschütteln zu verstehen, dass sie keinen Tee wollte.

Sigrid Rosenberg forderte die Frauen auf, im Wohnzimmer Platz zu nehmen und verschwand in der Küche.

Sonja nutzte die Gelegenheit, sich ein wenig umzusehen.

Sie studierte die Fotografien, die verteilt im Raum zu sehen waren, warf einen Blick auf die Bücher, die sich auf dem Schreibtisch stapelten und beschäftigte sich mit den Absendern einiger Briefsendungen.

»Wer von ihnen braucht denn nun meine Hilfe?«, fragte Frau Rosenberg als sie das Wohnzimmer wieder betrat. »Haben sie keine Scheu. Das ist das Natürlichste der Welt. Ich weiß, dass sich manche Frauen zieren, muss man aber nicht. – Oder wollen sie sich beide informieren? Das wäre jetzt schlecht, weil ich nur noch einen habe. Die Nachfrage ist so groß: Da kommt die Produktion nicht mehr hinterher. Hätten sie doch bei ihrem letzten Besuch nur ein Wort gesagt, dann hätte ich mich darauf einstellen können.« Mit einem Strahlen sah sie abwechselnd auf Nicola und Sonja und erwartete, offensichtlich gespannt, eine Antwort.

Die kam aber nicht.

Die beiden Ermittlerinnen sahen sich nur an und erkannten beide, dass sie nicht wussten, worum es eigentlich geht.

»Wovon sprechen sie, Frau Rosenberg?«, kam dann auch die Frage von Sonja.

»Na! Von der Notwendigkeit, dass sich eine Frau schützen muss, wenn das Thema Familienplanung aktuell wird. Das hat ihr Chef ihnen doch sicherlich erzählt?« Etwas verständnislos fixierte sie Nicola und Sonja.

»Der Körper muss rein sein in Erwartung der großen Veränderung, die auf ihn zukommt.«

Sonja und Nicola sahen die Frau stumm an und warteten auf eine Erklärung, die aber nicht kam.

»Frau Rosenberg«, sagte Nicola schließlich, »was genau soll uns denn unser Chef erzählt haben?«

»Na! – Dass nur der Orgonit-Dildo in Frage kommt, natürlich. Nur die spezielle ästhetische Zusammensetzung der Materialien kann dieses außergewöhnliche Ergebnis erzielen. Nämlich abgestorbene oder negative Lebensenergie zurückgewinnen ... und, viel wichtiger, den Körper von Chemtrail- und Elektrosmogbelastung reinigen. Deswegen ist der Einsatz des Dildos ja auch so wichtig, wenn der Kinderwunsch bei einer Frau geweckt ist. Sogar den Strahlenangriffen der Satelliten hält er stand. Und ich weiß, wovon ich spreche. - Mir wurde die Ehre zuteil, zu den auserwählten Beta-Testerinnen zu gehören, obwohl die Familienplanung bei mir natürlich längst abgeschlossen ist. Aber die Kraft, die von ihm ausgeht, verspürt jede Frau, egal welchen Alters.«

Die beiden Ermittlerinnen starrten die Frau an, reagierten in Gedanken aber in unterschiedlicher Form:

Nicola zeigte sich entsetzt, glaubte plötzlich wahrzunehmen, dass der Tee mit jedem Schluck bitterer wurde und beschäftigte sich mit der Frage, ob sie ihn besser stehen lassen sollte?

Sonja fragte sich hingegen, ob Tackert bewusst das Thema Dildo verschwiegen hatte, um unangenehmen Fragen auszuweichen?

Sonja war es schließlich, die antwortete:

»Das ist eigentlich nicht der Grund unseres Besuchs, Frau Rosenberg. Wir wollten nochmal auf ihren Ex-Mann zu sprechen kommen. Dabei interessieren uns zwei Dinge: Hatten sie in den letzten Monaten Kontakt zu ihm ... und wissen sie, ob er seinerseits jemals Kontakt zu einem Mitarbeiter der NKG, dem Windkraftanlagenbetreiber, hatte?«

Sigrid Rosenberg zeigte sich enttäuscht hinsichtlich des Themenwechsels und erklärte verärgert:

»Das geht sie gar nichts an, ob ich Arne gesehen habe oder nicht, und von der Firma weiß ich nichts.«

Danach stand sie auf, nahm wortlos Nicolas Teetasse

zur Hand und signalisierte deutlich, dass der Besuch hiermit beendet war.

Als Sonja gerade ins Auto steigen wollte, fing sie an zu lachen und meinte:

»Na, wenigstens war das eine beeindruckende Verkaufsveranstaltung. Ich stelle mir gerade die Frage, ob es nicht ein Fehler war, keinen ... Orgonit-Dildo zu kaufen?«

***

Der obdachlose Dieter begann seinen Tag mit Zuversicht.

Gestern verlief seine Suche zwar erfolglos, aber das kümmerte ihn nicht weiter. Er hatte nicht damit gerechnet, schon am ersten Tag fündig zu werden.

Er dachte an den merkwürdigen Zufall, der ihm sein Wissen bescherte. Wie er unerwartet für einen kurzen Moment einen Blick auf die beiden Geldbündel werfen konnte und deutlich den Aufdruck auf den Banderolen erkannte. Zweimal fünftausend Euro. Was für eine Menge Geld.

Er musste es einfach finden, selbst wenn es Wochen dauern würde.

Er dachte auch an die verpasste Möglichkeit, das Geld zu stehlen, was aber seine eigene Dummheit war, wie er zugeben musste.

Das Missgeschick, das ihm vor wenigen Tagen unterlaufen war, hatte er selbst verschuldet.

Seine heutige Suche sollte am FKK-Gelände beginnen,

obwohl er zweifelte, dort richtig zu sein. Im ganzen Gebiet der Ricklinger Kiesteiche gab es keinen Ort, der unwahrscheinlicher war, sagte er sich. Deswegen brach er auch nach kurzer Zeit ab und machte sich auf den Weg zum nächsten Teich.

Er konnte sich gut vorstellen, wo er aufmerksam suchen sollte und welche Bereiche er eher vernachlässigen konnte.

Jetzt, wo er vor Ort war, fiel ihm aber auf, dass die Möglichkeiten für ein gutes Versteck wesentlich zahlreicher waren, als er zunächst dachte. Alle paar Minuten malte er sich aus, dass genau hier das Geld zu finden sein könnte, was dann aber nie der Fall war.

Nur gut, dass seine körperliche Verfassung immer noch
akzeptabel war. Die andauernde Bewegung war er nicht mehr gewohnt, trotzdem hätte es schlimmer sein können. Nach sieben Stunden Suche, nur unterbrochen von ein paar kurzen Pausen, begann er das erste Mal zu zweifeln.

Zwei lange Tage Rumrennerei und nur einen Bruchteil des Geländes geschafft.

Die oft vorhandenen Bereiche, wo die Vegetation wucherte, waren übersät mit möglichen Verstecken. Diese genauer unter die Lupe zu nehmen war mühselig. Aber aufgeben kam nicht in Frage.

Der Besitz eines solch großen Betrags würde endlich eine neue Perspektive schaffen, um aus dem ganzen Scheiß herauszukommen.

Für heute machte er Schluss.

Er fand eine etwas abseits gelegene Bank und aß eine Kleinigkeit. Er schraubte den Doppelkorn auf, achtete aber darauf, maßvoll damit umzugehen.

Was ihm sogar gelang, worüber er selbst verwundert war.

Bald wird alles wieder besser, sagte er sich noch, bevor er den Schlaf suchte.

Heinrich Nettel saß an seinen Arbeitsplatz.

Immer noch wütend, vor allem aber traurig, wollte er heute mit seinem Bericht über die Ansiedlung des Seeadlerpärchens beginnen.

Er hatte in den letzten Jahren schon oft für die hannoverschen Vogelfreunde Dokumentationen verfasst. Mit viel Fachwissen zusammengestellte Informationen wurden von ihm durch eigens dafür erstellte Fotografien ergänzt, die unter Ornithologen anerkannt waren und auch sonst viel Beachtung fanden.

Als Erstes wollte er eine Vorauswahl des erstellten Bildmaterials treffen. In den vergangenen Monaten waren über vierhundertfünfzig Fotos zusammengekommen, was natürlich an dem außergewöhnlichen Ereignis lag. Die Fotos waren chronologisch abgelegt, und er war entschlossen, nicht mehr als zwanzig Abbildungen dem Text zuzuordnen.

Die Kameraausrüstung, die er besaß, kam einer professionellen Ausstattung sehr nahe, und viele seiner Fotos waren von exzellenter Qualität.

Welche Motive in Frage kommen würden, und welche er nicht berücksichtigen wollte, hatte er genau vor Augen.

So konnte er oft nach einem kurzen Blick entscheiden, welcher Kategorie das Bild angehörte. Hin und wieder schenkte er dem Foto aber mehr Aufmerksamkeit und betrachtete alle Einzelheiten, bevor er eine Entscheidung traf.

Nach einer guten Stunde gönnte er seinen Augen eine Pause, kochte sich einen Kaffee und setzte sich in den

Garten. Er verfasste in Gedanken erste Textpassagen und beobachtete nebenbei eine Amsel, die sich in kurzer Entfernung auf dem Gartenzaun niedergelassen hatte. Ohne Scheu, geradeso als wüsste sie, dass sie hier ein willkommener Gast wäre, ließ sie sich von der Sonne wärmen und zwitscherte ihm leidenschaftlich ihr Repertoire vor. Er lauschte intensiv dem Gesang des Vogels und vergaß sogar für einen Moment das schreckliche Ende, dass sein Bericht beinhalten würde.

Nach einer Weile verließ ihn der Vogel, und kurze Zeit später machte auch er sich wieder an die Arbeit.

Er hatte sich bis zu den Fotos der letzten drei Wochen vorgearbeitet, als er plötzlich stutzte.

Es war eine der seltenen Aufnahmen, die das Weibchen beim Füttern der Jungen zeigte. Als er näher zoomte, erkannte er aber noch etwas anderes. - War das nicht ...?

Er vergrößerte den Ausschnitt nochmals um eine Stufe und betrachtete ihn konzentriert. Das ist doch ...?

Er stand auf und ging ins Wohnzimmer. Er fand die Tageszeitung, die er suchte und ging zurück an den PC. - Ja, das könnte ... Nein, das ist er. Ganz sicher. Das ist Arne Bloch, der neben einer zweiten Person am Teich stand und zum Adlerhorst hochschaut.

Gleichermaßen angewidert und fasziniert, kann er seinen Blick nicht lösen, und studiert eingehend die Aufnahme.

Da war der Scheißkerl doch Tage zuvor schon mal da und hat wahrscheinlich die Situation vor Ort inspiziert, vermutete er.

Mit einem Rechtsklick sah er nach den Eigenschaften:

Das Foto war am neunzehnten Juni um neun Uhr sechszehn entstanden. Das waren etwa zwei Wochen vor dem Tag, an dem er das Tier getötet hat.

Aufgeregt schaute er die restlichen Fotos durch, konnte aber nichts ungewöhnliches mehr finden. Auch auf den früheren Aufnahmen war nichts zu entdecken.

Er griff zum Telefon und wählte die Nummer des Hauptkommissars Richard Tackert, von dem er einige Tage zuvor, nach der Bergung des Adlers, die Visitenkarte erhalten hatte.

Tackert wartete auf die Email, fragte sich aber, ob das Foto überhaupt von Interesse sein könnte.

Die Tatsache, dass Bloch die Sache geplant hat, war nicht wirklich überraschend. Und die Gewissheit, dass er zwei Wochen vor Ausübung der Tat die Örtlichkeiten und den Adlerhorst aufgesucht hatte, wird zur Aufklärung wohl nicht beitragen können.

Trotzdem freute es ihn, dass der Mann mitgedacht hatte, und sie von dem Foto unterrichtete. Und vielleicht wird sich erst in Zukunft zeigen, wie wertvoll die Information wirklich ist? Aber er war skeptisch.

Wenige Minuten später traf die Nachricht ein.

Er öffnete den Anhang und schon im ersten Moment war er von der Qualität der Aufnahme überrascht. Er zoomte auf die beiden Personen, die sich rechts unterhalb des Horstes in der Nähe des Teichs aufhielten, und erkannte sofort in der einen Person Arne Bloch, der nach oben in die Baumkrone schaute. Sein Blick fiel auf die zweite Person, die in einem Abstand von nur wenigen

Metern zu Bloch ebenfalls den Blick nach oben gerichtet hatte, um die Fütterung zu verfolgen. Das Gesicht war der Kamera etwas abgewandt, aber trotzdem – oder gerade deswegen - erkannte er es sofort.

Das gleiche Gesicht war ihm vor ein paar Tagen auf den Fluren der NKG-AG begegnet. Da bestand kein Zweifel.

Er versuchte die Fotografie zu interpretieren.

Den Abstand zwischen den beiden Personen schätzte er auf vier bis fünf Meter. Ihre Körperhaltung sprach nicht dafür, dass sie einander kannten. Es wirkte eher so, als ob sie zufällig beieinanderstanden. Als ob an dieser Stelle die Sicht besonders gut wäre.

Die Blicke beider Personen waren auf die Greifvögel gerichtet. Und trotzdem: Tackert wollte nicht an einen Zufall glauben.

Wenn das Foto aussagen würde, dass hier zufällig ein Treffen der Beiden festgehalten wurde, wäre das natürlich enorm hilfreich. Aber er konnte keine Bestätigung finden, die seine Vermutung gestützt hätte.

Die ganze Szene wirkte, als ob zwei Menschen ihren Weg unterbrochen hätten, um einem Schauspiel zu folgen, das sich unvorhersehbar gerade ereignete. Genauso wie es auch die Personengruppe tat, die auf der anderen Seite des Bildrands am Weg stand. Und auch im Hintergrund waren Menschen zu sehen, die die Greifvögel beobachteten.

Die Anwesenheit eines möglichen Mitarbeiters der NKG war durchaus zu erklären: Immerhin waren die Tiere der Grund für eventuelle Komplikationen, die eintreten konnten.

Wenn es aber ein weiteres Foto gäbe, das die Beiden ...?

Er griff zum Telefon und rief Heinrich Nettel an, mit der Bitte, sein Fotomaterial nochmals durchzusehen.

Sollte sich darunter eine zweite Aufnahme befinden, die Bloch und den Mitarbeiter der NKG zeigt, würde er sofort aktiv werden. So aber? - Erst mal abwarten.

Jan hatte sich den ganzen Tag mit den Personen beschäftigt, die Miriam Klöckner als den näheren Freundeskreis angegeben hatte. Aber keiner aus der Liste schien verdächtig oder konnte etwas Bedeutendes beitragen.

Alle Informationen waren bekannt oder unwichtig.

Außerdem stellte sich heraus, dass Frau Bitter in einem Großhandel für Solaranlagen beschäftigt war und somit nicht der erhoffte Kontakt zum Windanlagenbetreiber sein konnte.

Bevor Tackert seinen Arbeitstag beendete, telefonierte er noch mit Dr. Schröder, der ihm zusagte, dass er morgen mit der Obduktion des Obdachlosen beginnen werde.

Der Abend war viel zu schön, um nach Hause zu fahren.

Tackert entschied sich für den Maschsee und freute sich auf ein kühles Frischgezapftes.

Er saß am Nordufer und blickte über den See, wo noch zahlreiche Segler, Tretboote und Kanuten unterwegs waren. Eine leichte Brise brachte den Geruch von modrigem Wasser mit.

Einige Enten liefen zwischen den Biergartenbesuchern herum und forderten leise schnatternd etwas Fressbares. An der äußeren Tischreihe saß ein Rabe auf einer Stuhllehne, und es sah so aus, als warte er auf eine günstige Gelegenheit, einem Gast die Bratwurst vom Teller zu stibitzen.

Nebenan diskutierte ein junges Pärchen.

Scheinbar galt es, letzte Punkte der bevorstehenden Hochzeitszeremonie zu klären.

Tackert verfolgte das Gespräch interessiert, weil es ja durchaus passieren konnte, dass er sich bald einer vergleichbaren Situation gegenübersah, wenn Elisa auf die dumme Idee kommen sollte ...

Jedenfalls war der junge Mann scheinbar eher ein Freund der lockeren Party, wogegen sie das volle Programm auffahren wollte:

Weiße Kutsche, Diamanten, als Location ein Schloss und mindestens ein Drei-Sterne-Koch, der die vierhundert geladenen Gäste verwöhnen sollte.

Für die musikalische Unterhaltung könnte man die Beatles verpflichten.

Wenigstens war dieser Punkt schnell geklärt, als nämlich der junge Mann das schlagkräftige Argument auf den Tisch legte, dass es schwierig werden wird, John Lennon und George Harrison dafür zu begeistern, und er außerdem niemanden kenne, der intime Kontakte ins Reich der Toten pflegte.

Bei der Gelegenheit merkte er auch gleich an, dass aus diesem Grund Helmut Newton nicht als Hochzeitsfotograf zur Verfügung stehen wird.

Tackert fiel ein, dass er dem jungen Paar einen wichtigen Anstoß liefern könnte, wenn das Thema Familienplanung zur Sprache kommen sollte.

Er kennt da jemanden – quasi eine Testperson – die erstaunliches zu berichten weiß. - Aber er ließ es dann doch bleiben. Wahrscheinlich waren die beiden noch nicht bereit für eine Auseinandersetzung mit dem Orgonit, dem Freund jeder gebärfähigen Frau.

Nachdem sich Nicola und Sonja gestern den ganzen Tag über ihn lustig gemacht haben, hatte Sven sich wohl solidarisch erklären wollen, und ihm voller Begeisterung erzählt, dass er im Internet eine Anleitung gefunden hat:

Wir basteln uns einen Orgonit ... gerne mit Gold- und Silberteilchen, weil das die Schwingungen verstärkt ... aber Obacht: Das ist kein Spielzeug!

Hm: Soviel zum Thema Orgonit-Dildo ...

Tackert befreite sich von der Ablenkung und verfolgte lieber noch etwas das Gespräch der beiden Heiratswilligen, wo scheinbar erste Kompromisse getroffen wurden. Schön so, dachte er. Das hört sich sehr nach besten Voraussetzungen für eine stressfreie Zukunft an.

Aus der weißen Kutsche war eine Wagonette geworden, aus den sechs Arabern zwei schlammbraune Shetty-Welsh Mix, aus den Diamanten Weißgold und das Schloss verwandelte sich in ein Vereinsheim am Rande der Stadt. Die Gästeliste wurde um achtzig Prozent gekürzt, nachdem die ganzen Schmarotzer gestrichen waren.

Ferner war zu hören, dass die Auferstehung der beiden Pilzköpfe zu unsicher schien, und daher der Freund des angehenden Bräutigams als DJ herhalten sollte.

Allerdings gab es Komplikationen in Punkto Drei-Sterne-Koch.

Der junge Mann war fest überzeugt, dass nur seine Oma in Frage kommt, die jedem Sterne-Koch zeigen würde, wie ein Wiener Schnitzel auszusehen hat. Dagegen war die Braut der Meinung, dass ihre Oma die beste Köchin überhaupt sei, die sich auch schon mehrfach in der Versorgung größerer Personengruppen bewiesen hat.

Tackert freute sich mit den beiden, als sie sich für den Vorschlag begeisterten, doch einfach beide Omas einzubeziehen.

Obwohl unklar war, was die Omas dazu sagen würden?

Bei der Hochzeitsfeier der Enkel den ganzen Tag in der Küche schuften? ...

Aber die beiden werden schon eine Lösung finden, war er sich sicher.

Außerdem können, mit den richtigen Leuten, selbst Spaghetti mit Tomatensoße zu einem Festmahl werden, wie er wusste. Wichtig war natürlich dabei, dass ein perfekter Rotwein serviert wurde. Er persönlich würde einen fruchtigen Kalifornier empfehlen. Vielleicht auch einen Chilenen? ... Oder Südafrikaner? Italiener?

Aus der Ecke des Biergartens hörte man plötzlich jemanden laut fluchen.

Er konnte gerade noch mit ansehen, wie sich die Beharrlichkeit ausgezahlt hatte, und der Rabe mit einem beachtlichen Stück Bratwurst im Schnabel das Weite suchte.

Sonja hat recht, sagte er sich.

Die Natur spielt verrückt.

Wildschweine in Vorgärten, Füchse am Kanzleramtsgebäude, Waschbären vor Hauseingängen und Raben, die Bratwürste klauen. Und was kommt als nächstes?

Krokodile im Fastfood Drive-in?

Das Handy klingelte. Am anderen Ende war Heinrich Nettel, der mit Bedauern von sich gab, dass kein zusätzliches Foto weder die eine noch die andere Person zeigte.

Verdammt, dachte Tackert, war aber nicht überrascht.

Es wäre nur zu schön gewesen ...

Tackert schreckte hoch, spürte die angestiegene Herzfrequenz und den verschwitzten Körper. Sein Atem war flach und ein Gefühl der Angst umklammerte ihn.

Er brauchte einen Moment, um zu erkennen, dass es nur ein Traum war. Nach einer Weile gelang es ihm, den Traum einzusammeln.

Was hatte ihn nur so in Panik versetzt?

Er hatte geträumt, in der Villa von Onkel Paul eine Hochzeitsgesellschaft zu bekochen. Unter den Gästen war ein handfester Streit entstanden, ob die Spaghetti mit Tomatensauce serviert werden oder doch ohne?

Außerdem waren alle mit den glutenfreien Teigwaren nicht einverstanden und beschimpften ihn, nur das Dienstmädchen Natascha schien zufrieden und fragte ihn nach dem Bauplan des Orgonit-Dildos.

Das junge Brautpaar hatte vom Hausherren eine Kiste Maschinenpistolen als Hochzeitsgeschenk erhalten, um die sich einige der Gäste prügelten. Es entstand ein Handgemenge, und seltsamerweise wurde niemand während der anschließenden Ballerei verletzt.

Fast wie bei *Mission Impossible*, dachte er.

Draußen hörte man näherkommende Polizeisirenen, und Tackert war froh, dass die Kollegen bald eintreffen würden.

Den Raum betrat dann allerdings eine Schar seltsamer Wesen, die sehr viel Ähnlichkeit mit Raben hatten und Katzenscheiße gegen Bratwürste eintauschen wollten.

Onkel Paul rastete aus und eröffnete, gemeinsam mit Frau Rosenberg, die plötzlich neben ihm stand, das Feuer.

Als die ersten Körper umfielen, ist er aufgewacht.

Kein LSD-Trip kann schlimmer sein, sagte er sich.

Alles schien im Traum so realistisch, so greifbar und selbstverständlich. Er spürte immer noch eine Unruhe und stand auf, um sich frischzumachen.

Im Bad sah er, dass der Wecker vier Uhr sechsundvierzig zeigte.

Dann lohnt es sich fast nicht mehr, sich wieder hinzulegen, überlegte er. Er duschte, machte sich ein leichtes Frühstück und fasste plötzlich den Entschluss, den Tatort des Franzosen noch einmal aufzusuchen.

In der Nacht hatte es geregnet.

Die tiefstehende Sonne verursachte stellenweise bizarre Reflexe, die sich besonders in Wassernähe bildeten. Er erreichte den Tatort, schaute in alle Richtungen und wartete auf eine Eingebung, die sich aber nicht einstellen wollte.

Sie gingen davon aus, dass der Franzose in Ufernähe übernachtet hatte, vermutlich zwischen den Sträuchern, die teils eine dichte Wand bildeten, aber auch Freiflächen enthielt. Nach Norden hin veränderte sich die Vegetation.

Zwischen dem Wasser und dem Weg befanden sich nur noch Wiesen, vereinzelt mal ein Baum. Der Fuß- und Radweg folgte in diesem Bereich in einem Abstand von etwa dreißig Metern dem Wasser, bis sich in einigen hundert Metern Entfernung die Wege trennten.

Alles deutete darauf hin, dass der Obdachlose freiwillig seine Schlafstelle verlassen hatte und dadurch auf den Schutz der Sträucher verzichtete.

Welchen Grund kann es geben, seinen Schlafplatz zu verlassen? Morgens um vier?

Pinkeln? – Das hätte er auch zwischen den Büschen machen können. Nein, er hat etwas gesehen oder gehört, was ihn veranlasste, seinen Schlaf zu unterbrechen. Aber was? - Eine Gefahrensituation ... oder zumindest eine außergewöhnliche Situation, vielleicht? Ja, das wäre gut möglich.

Und wie könnte die aussehen?

Da gab es viele Möglichkeiten, glaubte er. Zu viele, um sich den Kopf zu zerbrechen.

Sie brauchten dringend einen Anhaltspunkt, der sich hoffentlich nach der Obduktion ergeben würde.

Im Präsidium angekommen, erwartete ihn auf seinem Schreibtisch der Bericht der KTU, der eine kleine Überraschung enthielt.

Die Kollegen hatten gestern Abend die Untersuchung der Gegenstände abgeschlossen, die an der Leiche des Obdachlosen sichergestellt wurden, und dabei eine erstaunliche Entdeckung gemacht.

Auf dem Hundert-Euro-Schein aus seiner Geldbörse wurden nicht nur die Finderabdrücke des Franzosen sichergestellt, sondern es fanden sich auch - neben zahlreichen unbekannten - je ein Fingerabdruck des Zeigefingers und des Daumens von Arne Bloch.

Und das war endlich der erste, wichtige Punkt, der den weiteren Verlauf der Ermittlung vorantreiben konnte.

Tackert überlegte:

Das bedeutet, dass beide den Schein in der Hand hatten und sich somit höchstwahrscheinlich begegnet sind. Die entscheidende Frage dabei war aber, ob das Geld freiwillig den Besitzer wechselte, oder ob es dem angeschlagenen oder bereits toten Arne Bloch abgenommen wurde?

Die Tatsache, dass nach der Bergung von Blochs Leiche weder Geld noch ein Portemonnaie bei ihm gefunden wurde, lässt beide Vermutungen zu. Möglich war aber auch, dass alles einen ganz anderen Hintergrund hatte.

Vielleicht liegt sogar in dem Geld das Motiv für den Mord?

Vielleicht waren es auch deutlich mehr als hundert Euro?

Aber wie kam es dazu, dass er zunächst mit einem Absperrhalter angegriffen und später erwürgt wurde?

Und in dem Zusammenhang immer noch die Frage, ob es einen oder zwei Täter gibt?

Sein Handy klingelte. Elisa war dran und fragte:

»Weißt du schon, wie dein Dienst heute aussieht? Hast du abends Zeit vorbeizukommen? Ich würde gerne etwas Wichtiges mit dir besprechen«, erklärte sie gutgelaunt. »Vielleicht gegen sieben, halb acht? Ich könnte eine Kleinigkeit kochen.«

»Ich werd´s versuchen, kann es aber nicht versprechen«, entgegnete Tackert. »Um was geht es denn?«

»Das sage ich dir heute Abend«, tat sie geheimnisvoll und beendete das Gespräch.

Tackert widmete sich wieder dem Bericht, der aber keine weiteren Highlights enthielt.

Was hatte der Franzose an jenem Morgen wirklich gesehen?

An das Märchen vom grüngekleideten Mann, der Arne Bloch beobachtet haben soll, glaubte er nicht mehr. Vielmehr ging er immer intensiver der Frage nach, welche Rolle der Obdachlose bei der ganzen Sache gespielt hat? Auf welche Art er in den Besitz der hundert Euro gelangt sein könnte? Und ob sein eigener Tod im Zusammenhang mit Blochs Ermordung steht?

Jan hatte inzwischen die Mitglieder des Vogelschutzvereins überprüft, verschiedene Telefonate geführt, und erwartungsgemäß keine Anhaltspunkte für Ungereimtheiten – welcher Art auch immer – gefunden.

Außerdem konnte er endlich die Frau des Obdachlosen in Norwegen erreichen.

Der Scheidungsgrund war alltäglich und auch sonst verlief das Telefonat mit ihr ohne brauchbare Ergebnisse. Scheinbar war der obdachlose Rainer Brandt ein Mann, dessen Leben unspektakulär verlaufen war, und unglückliche Umstände zu der drastischen Veränderung führten.

Es gab keine Hinweise auf ein gewalttätiges Verhalten oder eine ausgeprägte Aggressionsbereitschaft.

Einfach ein armes Schwein, dachte Jan, der nicht viel Glück im Leben hatte.

Es war fünfzehn Uhr dreißig, als ein Kollege an Tackerts Bürotür klopfte und mit zwei unbekannten Frauen an seiner Seite den Raum betrat.

»Richard? – Hier sind zwei Damen, die eine Aussage machen möchten ... im Zusammenhang mit dem Tod des Obdachlosen«, informierte der Kollege und verschwand wieder. Tackert bat die beiden Frauen Platz zu nehmen.

»Was kann ich für sie tun«, fragte er freundlich und versuche sich die Frage zu beantworten, ob ihm hier Mutter und Tochter gegenübersaßen.

Die ältere der beiden Frauen übernahm das Wort.

»Ich bin Vivienne Perscheit und das hier ist unsere Tochter Cecilia. Wir wissen aus der Zeitung von dem Mord an dem Obdachlosen am Dienstagmorgen an den Ricklinger Kiesteichen, und ich denke, unsere Tochter kann ihnen einiges dazu sagen.« Sie machte eine Pause, warf der Tochter einen besorgten Blick zu, und fuhr fort.

»Ich darf voraussetzten, dass das Gespräch unter uns bleibt, auch wenn dessen Inhalt ... sagen wir ... vermutlich zur Aufklärung der Tat beitragen wird? – Schätze ich zumindest.«

»Das kann ich ihnen so pauschal gar nicht beantworten, Frau Perscheit. – Ich kann ihnen aber versichern, dass der Inhalt des Gesprächs nicht an die Öffentlichkeit geraten wird.« Tackert versuchte alles, um seiner Stimme Vertrauenswürdigkeit zu verleihen.

»Sagen sie mir doch erst einmal, worum es geht. Dann können wir weitersehen.«

»Ich denke«, fuhr die Mutter fort, »das Beste wird es sein, wenn meine Tochter selbst schildert, was am Dienstagmorgen passiert ist.« Mit einem aufmunternden Blick schaute sie dabei ihre Tochter an.

Nach einer kurzen Pause holte Cecilia tief Luft und er

zählte:

»Am Montagnachmittag sind meine Eltern weggefahren, und wollten erst am nächsten Morgen wieder zu Hause sein. In dieser Zeit sollte ich auf meinen kleinen Bruder aufpassen, der aber schon vierzehn ist, und keinen Bock auf seine Schwester als Aufseherin hat. Und ich hatte auch etwas Besseres geplant, als zu Hause die Mama zu spielen. Also bin ich Montagabend zu meinem Freund nach Hemmingen-Westerfeld gefahren, habe meinem Bruder aber Bescheid gesagt, dass ich Dienstag ganz früh zurück sein werde, und wenn etwas sein sollte, könnte er mich ja jederzeit auf dem Handy erreichen. Wir haben das nicht das erste Mal so gemacht, und er war immer damit einverstanden, was mich aber jedes Mal fünf Euro gekostet hat.« Sie brach ab, und für einen kurzen Augenblick wurde ein leichtes Lächeln sichtbar, bevor sie weiter erzählte.

»Ich war den Abend also bei Tobias, meinem Freund, und bin kurz vor vier wieder bei ihm los, um nach Hause zu fahren. Ich sollte noch dazusagen, dass ich immer mit dem Fahrrad fahre und häufig die Abkürzung durch die Ricklinger Masch nehme.« Wieder machte sie eine Pause und ihre Gesichtszüge veränderten sich. Tackert ahnte, dass sie jetzt zu dem Teil der Schilderung kommen würde, der zu erzählen ihr schwer fallen würde.

»Als ich jedenfalls auf dem Weg nach Hause war, stand da plötzlich so ein Typ und hat mir den Weg versperrt. Ich wollte ihm ausweichen, aber es ging nicht. Der Typ stank nach Alkohol, machte einen gewalttätigen Eindruck und hat angefangen, an mir rumzufummeln. Ich habe um mich geschlagen, ihn angeschrien, aber er war viel stärker als ich. Dann hatte er auf einmal ein Messer in der Hand, hat mir den Mund zugehalten und mich in Richtung der Büsche unten am Wasser gezerrt. Ich habe um mich getreten und alles versucht, mich zu befreien, aber es ging nicht.« Für einen Moment verstummte sie, atmete tief durch, und erzählte kurz danach mit festerer Stimme weiter.

»Und dann kam da auf einmal dieser andere Mann aus den Büschen. Ganz plötzlich war er da, und brüllte gleich rum: »Lass das Mädchen los, du Sau«, und stürzte sich auf ihn. Ich konnte mich befreien, rannte zu meinem Fahrrad und fuhr so schnell wie ich konnte davon. Im Wegfahren habe ich dann noch mitgekriegt, wie die Beiden aufeinander losgegangen sind.«

»Sie sind also Gott sei Dank nicht ...«, wollte Tackert dazwischenfragen, wurde aber von der Mutter unterbrochen.

»Nein«, sagte sie. »Aber wäre der andere Mann nicht dazwischen gegangen ... « Sie brach den Satz ab und warf ihrer Tochter wieder einen mitfühlenden Blick zu, bevor sie fortfuhr.

»Ich würde gern noch ein paar erklärende Worte hinzufügen: Cecilia hat mich erst gestern Abend in die Sache eingeweiht, deswegen melden wir uns auch erst heute. - Sie müssen wissen, dass sie erst sechszehn ist und mein Mann ist etwas ... äh ... puritanisch? Er darf auch keinesfalls davon erfahren. Weder von dem Vorfall, noch von unserem Besuch hier. Schon die Tatsache, dass seine Tochter mit sechszehn Jahren einen Freund hat, ist ein

Zustand, den er als inakzeptabel bezeichnen würde. Von einer Nacht bei diesem Freund zu erfahren, wäre eine Katastrophe, und würde den Haussegen auf Monate in eine Schieflage bringen, die die Hölle bedeuten würde. – Außerdem gibt es noch einen weiteren Punkt, den ich gerne ansprechen würde: Cecilia leidet sehr darunter, dass der Obdachlose zu Tode gekommen ist, weil er ihr zu Hilfe geeilt ist. - Davon muss man doch ausgehen, oder? - Und sie fragt sich, ob sie irgendetwas tun kann? Irgendetwas. Vielleicht für die Angehörigen?«

»Leider nein«, richtete der Kommissar sein Wort an die junge Frau.

»Es gibt nur eine geschiedene Frau, die im Ausland lebt, und zu der er schon seit langer Zeit keinen Kontakt mehr hatte. Ansonsten heißt es, dass er wohl ein Einzelgänger war. Aber scheinbar einer mit einem ausgeprägten Hang zur Hilfsbereitschaft, wie es aussieht. - Sie sollten sich keine Vorwürfe machen, Cecilia. Sie trifft keine Schuld an seinem Tod. - Dafür ist ausschließlich sein Mörder verantwortlich.« Und an die Mutter gerichtet fügte er hinzu:

»Ich kann ihnen nur raten, sich therapeutische Hilfe zu suchen. Und nicht allzu lange damit zu warten. – Es war richtig hierherzukommen und ich möchte mich – bei ihnen Beiden – dafür bedanken.« Bevor er sich wieder Cecilia zuwandte, blieb er bewusst für einen Augenblick stumm.

»Ich weiß, dass das sehr schwer ist, aber vielleicht können sie sich an Einzelheiten erinnern? An seine Kleidung, auffällige Bewegungen, seine Sprache ... irgendetwas.« Die junge Frau schüttelte kaum merkbar den Kopf.

»Fühlen sie sich vielleicht in der Lage, bei der Erstellung einer Phantomskizze zu helfen?«

»Ich kann ihn kaum beschreiben«, flüsterte die Tochter schüchtern. »Es ging alles so schnell, und die Angst ... Außerdem war es ja noch nicht hell. – So richtig kann ich mich nur an seine Schuhe erinnern, warum weiß ich auch nicht. Dunkelgrüne Sneakers mit gelben Streifen, voll schmutzig und verschlissen ... Und an das Messer. So ein Ding, das aufspringt. Wie das richtig heißt, weiß ich nicht.«

»Was ist mit seinem Gesicht?«, fragte Tackert. »Hatte es vielleicht Narben, Leberflecken, Sommersprossen, Ohrringe oder ein Piercing ... oder etwas anderes, was dir aufgefallen ist?«

Tackert bemerkte, dass er sie plötzlich duzte. »Besonders große oder kleine Ohren zum Beispiel?«

»Ich weiß nicht so genau. Ich glaube nicht.«

»Ich würde dich trotzdem gerne bitten, zu versuchen, zusammen mit meiner Kollegin eine Phantomskizze zu erstellen. – Ist das in Ordnung?«

Die Tochter sah erst ihre Mutter an und nickte dann leicht mit dem Kopf.

Bevor Tackert sich erhob, richtete er noch mal sein Wort an Frau Perscheit. »Und selbstverständlich möchte ich ihnen versichern, dass das Gespräch vorerst unter uns bleibt. Sollten wir aber den Mördern fassen, wird es sich nicht vermeiden lassen, dass ihr Mann davon erfährt. Sie sollten also versuchen, mit ihm darüber zu reden.«

Er ging nach nebenan und führte ein kurzes Gespräch mit Sonja, die die beiden Frauen kurz danach abholte, und mit ihnen im Nebenraum verschwand.

Das passt alles zusammen, überlegte er. Er sah keinen Grund, an Cecilias Schilderung zu zweifeln, ganz im Gegenteil.

Zufällig wurde der Franzose Zeuge der versuchten Vergewaltigung, ging dazwischen und wurde von dem Unbekannten während eines Kampfes niedergestochen. - Was für ein Scheiß!

Da hat wieder mal jemand seine Zivilcourage mit dem Tod bezahlt.

Hoffentlich gelingt es Sonja, der jungen Frau noch ein paar Details zu entlocken, sonst wird auch diese Tätersuche zu einem Glücksspiel.

***

Bei der NKG, wo Herr Meyerling im Konferenzraum die halbe Belegschaft um sich versammelt hatte, herrschte Alarmstimmung.

Mit deutlichen Worten wetterte er über die Art der Berichterstattung in den regionalen Tageszeitungen.

Teils in Nebensätzen, manchmal auch ausführlich, waren Andeutungen unterschiedlichen Inhalts zu finden.

»... steht außer Frage, dass der Konzern einziger Nutznießer der toten Tiere ist. Wie bereits vor zwei Jahren in der Nähe von Stade ,wurde auch an den Ricklinger Kiesteichen das Adlerweibchen durch einen gezielten Kopfschuss getötet. Und es gibt weitere Parallelen. Auch vor

zwei Jahren erfolgte die grausame Tat kurz vor dem Genehmigungsverfahren, dessen ungewisser Ausgang sicherlich bei den Verantwortlichen erhebliche Bauchschmerzen verursachen wird, was bei einer millionenschweren Investition nur zu verständlich erscheint …«, zitierte er, und brüllte dabei die Anwesenden an, die vereinzelt einen verängstigten Eindruck machten.

Sichtlich erregt fuhr er fort:

»Ich brauche hier ja wohl niemandem zu erklären, welchen Einfluss solche Artikel auf das Verfahren nehmen können. - Und dass in unserem Fall durch den Tod eines Menschen noch eine zusätzliche Brisanz liegt, dürfte auch jedem klar sein. Ich erwarte von ihnen allen, umgehend Alternativpläne zu erstellen, auch wenn das bedeutet, dass bis zum Stichtag Tag und Nacht durchgearbeitet werden muss.«

Als die Sitzungsteilnehmer den Konferenzraum wieder verließen, lösten sich zwei Personen aus der Gruppe.

»Und du bist sicher, dass sich keine Spur zu uns zurückverfolgen lässt«, flüsterte der Kleinere der Beiden.

»Ganz sicher«, entgegnete der Andere leise, während er eine Zigarette aus seinem Sakko fischte.

»Außer uns weiß nur Sammy Bescheid, und sonst niemand. Und Sammy ist Profi. Es wird weder eine Spur zu ihm, erst recht nicht zu uns, führen. Mach dir also keine Sorgen. – Beschäftige dich lieber damit, wie man die zwanzig Tausend verbuchen kann. - Ich will nämlich nicht auf dem Geld sitzen bleiben.«

»Wieso zwanzig? Ich denke zehn?«

»Ja! – Zehn für den Schützen und zehn für Sammy. Das

war doch klar«, erklärte der Größere und zerdrückte mit der Schuhsohle den Rest der Zigarette.

»Das habe ich anders verstanden«, zeigte sich der Andere erstaunt. »Aber ist ja auch egal. – Wie schon gesagt: Vor der Bauphase ist das Risiko zu groß. Bis dahin musst du dich schon noch gedulden.« Er zögerte einen Moment, bevor er fragte:

»Mir kannst du´s ruhig sagen. – Sag mal, weiß Meyerling wirklich nicht Bescheid?«

Der größer gewachsene Mann sah ihn ernst an, antwortete aber nicht. Nur eine ganz kleine Veränderung um die Mundwinkel konnte man wahrnehmen, fast so, als wollte er lächeln.

Er hatte Elisa rechtzeitig von seiner Verspätung unterrichtet. Mit dreißig bis vierzig Minuten müsse sie rechnen, sagte er.

Na gut, jetzt waren es sechzig geworden.

»Ich freue mich, dass du es geschafft hast«, begrüßte sie ihn schwungvoll und schob ihn ohne Umschweife auf den Balkon, wo sie liebevoll den Tisch gedeckt hatte. Sie verschwand nochmal kurz in der Küche und tauchte mit einer Auflaufform in ihren Händen wieder auf.

»Nichts Besonderes«, entschuldigte sie sich. »Lasagne, und als Beilage ein frischer Feldsalat. Aber ein exzellenter Rotwein, wie ich hoffe. Zumindest hat man ihn mir als solchen verkauft.«

Es war nicht zu übersehen, dass sich Elisa in einer ausgesprochenen Hochstimmung befand, was bei Tackert aber eher Befürchtungen auslöste.

Elisa war zwar meistens fröhlich, niedergeschlagen hatte er sie nur äußerst selten erlebt, aber ihr Zustand heute war durchaus ungewöhnlich. Tackert war jedenfalls gespannt, was ihn erwartete.

»Was wolltest du denn so Dringendes besprechen?«, brachte er lustlos hervor, was er sofort bereute. Angebracht wäre es, wenn ich mich von der Stimmung anstecken ließe, dachte er.

»Immer langsam«, lachte sie und schob die Flasche zu ihm rüber. »Mach mal bitte auf. Erst mal müssen wir anstoßen ... « Ihre Augen leuchteten in der untergehenden Sonne und sie schenkte ihm ein geheimnisvolles Freimaurer-Lächeln.

»Jetzt mach´s nicht so spannend«, gab er zurück und war mit der Tonkurve im Klang seiner Stimme sehr zufrieden.

»Jetzt erzähl schon ...«

»Okay«, strahlte sie weiter. »Was willst du zuerst hören? Die eine gute Nachricht ... oder die andere gute Nachricht?«

Zwei gute Nachrichten? Auf ein Mal?

Tackert bezweifelte, dass er heute in der Lage war, so viel positiven Input zu verkraften. – Er befürchtete, dass jetzt Themen angesprochen werden, die ihn zwar nicht unvorbereitet treffen würden, denen er aber bisher geschickt ausgewichen war. - Und auf irgendwelche Diskussionen hatte er heute überhaupt keine Lust.

»Ich habe mir überlegt, dass wir ein kleines Rätsel daraus machen«, erklärte sie, während sie die Lasagne teilte.

»Och nee«, maulte er ein Spur zu heftig. »Ich habe im Moment genug rätselhafte Morde auf dem Tisch ...«

»Nix da«, antwortete Elisa entschlossen. »Für deine Leichen ist heute Abend sowieso kein Platz mehr. Also hör zu: Ein Hühnerstall, neben den Apfelbäumen Kaninchenkäfige, gegenüber der Kräutergarten und ein kleiner aber gut ausgestatteter Observationsraum. Was könnte das sein?« Elisa grinste jetzt wie das berühmte Honigkuchenpferd.

Hühner? Kaninchen? Kräuter? - Was erzählt sie da?

»Keine Ahnung«, schmatzte Tackert, der sich gerade einen ordentlichen Happen der Lasagne in den Mund geschoben hatte.

»Ich denke, du bist Kriminalist? Streng dich mal ein bisschen an. Mit den Spuren musst du dem Rätsel einfach auf die Spur kommen.«

»Ich weiß nicht, Elisa«, brachte er müde hervor. »Zoo? Bauernhof?«

»Nicht schlecht, aber auch nicht richtig«, flötete sie. »Eine Hilfestellung bekommst du noch: Vorne grün, hinten grün, links und rechts auch grün.«

»Und oben?«, wollte er wissen. »Auch grün? – Wenn ich jetzt Sven wäre, würde ich antworten: Wahrscheinlich ein Würfel im Lodenmantel. – Sag schon, ich weiß es nicht.«

»Na gut«, sagte sie, fummelte einen Moment unterm Tisch rum und legte einen Umschlag auf den Tisch.

»Unser neues Zuhause. Unseres natürlich nur, wenn du willst. Hundert Quadratmeter mit einem wunderschönen, großen Garten. Das Ganze in Alt-Ricklingen in einer ruhigen Seitenstraße.« Elisa sah ihn erwartungsvoll an.

»Wie? Neues Zuhause?« Er öffnete den Umschlag und zog einige Fotografien heraus, die das Objekt ausführlich von innen und außen zeigte.

Tackert studierte die ersten Fotos.

»Hast du etwa schon den Mietvertrag unterschrieben?«, fragte er erschrocken.

»Nein.«

»Gott sei Dank.«

»Aber den Kaufvertrag. - Ich habe das Haus gekauft.«

»Wie? Gekauft?« Ungläubig schaute er Elisa an. »Das ist nicht dein Ernst?«

»Doch. Seit genau ... zwölf Stunden und dreiunddreißig Minuten bin ich Besitzerin dieses wunderschönen Hauses.«

Wieder dieses Honigkuchenlächeln.

»Hast du von Onkel Paul einen Atomsprengkopf geerbt oder im Lotto gewonnen?«

»Richtig«, ließ sie ihn kauend wissen.

»Was? - Der Sprengkopf oder der Lottogewinn?«

»Na, wohl eher der Lottogewinn, oder siehst du hier irgendwo Atomraketen rumliegen?«

»Dann bist du ... bist du nicht etwa ... der Lottogewinner aus Niedersachsen, von dem in der Zeitung zu lesen war? Drei Komma soundso viel Millionen?«

Tackert war ein wenig geschockt. In Gedanken versunken nahm er die Rotweinflasche zur Hand und studierte das Etikett.

»Und dann lässt du dir diesen billigen Fusel andrehen,

der nur nach Kork und Chemie schmeckt«, schmunzelte er sie mit der Hoffnung an, dass die Ironie in seiner Stimme bei ihr angekommen war.

»Es tut mir leid, wenn er dir nicht schmeckt«, tat sie mitfühlend. »Und ich bin auch nicht der Gewinner des Jackpots. Mein Lottogewinn beträgt ganze vierzehn Euro siebzig. – Nein! - Ich habe meine Ersparnisse in das Haus gesteckt, den Rest hat meine Mutter beigesteuert.«

Sie nahm einen Schluck Wein und erklärte, dass das Haus ein echtes Schnäppchen war. Über eine Freundin hatte sie von der Verkaufsabsicht erfahren und sich sofort in das Objekt verliebt. Ein Gutachter hat versichert, dass der Preis unschlagbar günstig wäre, nur geringe Schäden vorhanden seien und alleine der Wert des Grundstücks den Kaufpreis übersteigen würde.

»Und jetzt bin ich eben Hausbesitzerin und würde mich freuen, wenn wir das Haus gemeinsam bewohnen würden«, wurde sie eine Spur ernster. »Vielleicht denkst du ein paar Tage in Ruhe darüber nach. – Du musst auch keine endgültige Entscheidung treffen, sollten dich Zweifel, egal welcher Art, beunruhigen. Ich schlage vor, dass wir irgendwann einen Probelauf von vier oder sechs Wochen starten und du dann entscheiden kannst, ob du an einer Wohngemeinschaft Gefallen finden könntest, oder nicht. Und egal wie deine Entscheidung ausfallen wird: Ich werde sie respektieren, das verspreche ich dir.«

»Das hört sich gut an«, meinte er ehrlich. »Können wir uns das Haus mal anschauen? Ich bin natürlich richtig neugierig geworden...«

»Jederzeit.«

»Morgen Abend?«

»Gerne.«

Beide nahmen einen Schluck vom Wein, bis Tackert fragte:

»Und die zweite Sache?«

»... hat sich als weniger gute Nachricht erwiesen, weil du den Wert ausgesuchter Köstlichkeiten einfach nicht zu schätzen weißt.«

Tackert sendete fragende Blicke aus.

Welche Köstlichkeiten?

»Zur Feier des Tages habe ich zwei Flaschen Wein besorgt, die fast so teuer waren wie das Haus. Aber ich muss dir recht geben: Das Versprechen des Händlers kann ich auch nicht herausschmecken. Wir sind scheinbar beide keine Feinschmecker, wie wir spätestens seit dem Genuss des Katzenscheiße-Kaffees wissen sollten.« Elisa war mit ihrer Argumentation scheinbar sichtlich zufrieden und lächelte ihn liebevoll an, wie nur sie es konnte, und was ihn schon seit der ersten Begegnung in einen rauschähnlichen Zustand versetzte.

Was für eine Frau, dachte er und verschickte Dankesbotschaften ins Universum.

Tackert nahm das Foto zur Hand, das jetzt ausschließlich den Bildausschnitt mit Arne Bloch und der unbekannten Person wiedergab.

Trotz des ungünstigen Blickwinkels sollte der Leiter der NKG in der Lage sein, seinen Mitarbeiter einwandfrei zu identifizieren, war er überzeugt. Und egal ob relevant oder nicht, er wollte jetzt wissen, welche Funktion der Unbekannte in der Firma innehatte.

Wie schon bei seinem ersten Besuch empfing Herr Meyerling den Hauptkommissar mit ausgesprochener Höflichkeit. Ihm wurde ein Kaffee angeboten, den er dieses Mal auch annahm.

Er legte das Foto auf den Tisch und drehte es um hundertachtzig Grad: »Ich würde gerne von ihnen wissen, um welchen Mitarbeiter es sich hierbei handelt«, forderte er Meyerling auf, und deutete auf den Unbekannten.

Meyerling schaute auf das Foto, blieb aber stumm. Erst nach einer Weile kam die Antwort:

»Das ist kein Mitarbeiter unseres Unternehmens. Ich kenne den Herrn nicht. Ganz sicher nicht.«

Jetzt war Tackert für einen Moment sprachlos. Diese Antwort hatte er überhaupt nicht erwartet.

»Das ist kein Mitarbeiter aus ihrem Haus?«, wiederholte er ungläubig. »Sie sind sich da ganz sicher?«

»Ja. - Was veranlasst sie zu der Vermutung, in dem Mann einen unserer Mitarbeiter zu sehen? - Hat er das ihnen gegenüber behauptet?«

»Nein«, klärte Tackert ihn auf. »Aber bei meinem letzten Besuch ist er mir auf dem Gang begegnet. So zielstrebig, wie er sich bewegte, machte es auf mich den Eindruck, als ob er hier arbeitet.«

»Das ist aber nicht der Fall. Es muss sich um einen Boten, Techniker, Vertreter oder ähnliches handeln, die sich hier beinahe tagtäglich bewegen. Die Zahl der Besucher ist größer, als sie offensichtlich vermuten.«

»Dann muss ihn aber trotzdem wenigstens einer ihrer Mitarbeiter kennen, richtig? – Es wird ja niemand unbeaufsichtigt durch die Büros rennen, setze ich mal voraus.«

»Nein. Das natürlich nicht. – Wenn sie mir das Foto für ein paar Tage überlassen könnten, würde ich es unter den Mitarbeitern rumreichen. Dann wird sich sicherlich schnell klären lassen, wer die Person ist.«

Und das war ganz in Tackerts Sinn.

Bevor er sich verabschiedete gab er noch zu verstehen, dass eine gewisse Dringlichkeit vorliegt, und er eine zügige Bearbeitung sehr begrüßen würde.

Am Nachmittag wurde die Stadt erneut von tiefschwarzen Wolkenformationen belagert. Heftige Sturmböen warfen Fahrräder um, holten Werbezeitungen aus den Hauseingängen und schoben alles durch die Straßen, was nicht genügend Eigengewicht besaß.

Tackert saß mit Sonja und Nicola beisammen und diskutierte die neuesten Erkenntnisse.

»Da hat das Mädchen verdammtes Glück gehabt«, sagte Nicola und betrachtete die Phantomskizze. »Ein Allerweltsgesicht. – Wird schwer, oder?«

»Ich bin unsicher, ob man der Skizze überhaupt ein

bestimmtes Gewicht zugestehen sollte, so unklar wie die Angaben der jungen Frau waren«, mahnte Sonja. »Verständlicherweise waren ihre Beschreibungen teils unklar, teils aber auch widersprüchlich. Die Schuhe und das Messer sind eigentlich das einzige, was sie ausführlich und mit Bestimmtheit beschreiben konnte. - Meine Hoffnung sehe ich eher in der Möglichkeit, dass sich an der Leiche des Franzosen Spuren finden werden.«

»Das ist auch meine Hoffnung«, sagte Tackert. »Ich habe vorhin mit Schröder telefoniert, der offensichtlich schon dabei ist, einige interessante Spuren zu analysieren. – Warten wir´s ab, was dabei rauskommt.«

»Gibt es neue Spuren im Fall Bloch?« Nicola schaute nebenbei entsetzt aus dem Fenster, wo die Situation offensichtlich bedrohliche Ausmaße annahm.

»Nichts«, lautete die Antwort Tackerts, dem deutlich die Enttäuschung anzuhören war. »Wir stecken fest, könnte man auch sagen.«

»Wie schätzt ihr das ein, dass auf der Banknote sowohl Blochs Fingerabdrücke, wie auch die des Franzosen vorhanden sind. Das kann doch nur bedeuten, dass Bloch vor dem Obdachlosen der Besitzer des Geldscheins war. Oder kann man davon ausgehen, dass der Besitz von hundert Euro bei einem Obdachlosen alltäglich ist? – Ich glaube nicht.«

Nicola starrte immer noch fasziniert aus dem Fenster, wo der Regen diagonal durch die Straße gepeitscht wurde. »Einmal angenommen, der Franzose ist, ähnlich wie bei dem Mädchen, Zeuge der Vorfälle um Bloch geworden, hat sich auch dort involviert, dann wäre es denkbar, dass er in die Geschehnisse aktiv eingegriffen hat, egal in welchen Umfang und zu welchem Zeitpunkt.«

»Es wäre aber auch gut möglich«, konterte Sonja, »dass er das Geld gefunden hat ... oder Blochs komplette Geldbörse, und er ihm nie begegnet ist. Immerhin war Bloch nach dem Angriff schwer angeschlagen. Da kann es schon vorkommen, dass einem das Portemonnaie aus der Tasche rutscht.«

»Stimmt«, bestätigte Tackert. »Beides wäre denkbar. Vielleicht werden Schröders Ergebnisse zeigen, welche der Möglichkeiten eher in Betracht zu ziehen ist.«

***

Miriam Klöckner fand keine Ruhe.

Zu sehr beschäftigte sie die Frage, was Arne fast jeden Samstag gemacht hat, als er angeblich mit der Alt-Herrenmannschaft auf irgendeinem Fußballplatz stand?

Anzeichen, dass er fremdgeht, waren ihr nie aufgefallen. Aber hatte sie wirklich darauf geachtet?

Nein, das hatte sie nicht. - Warum auch? Alles schien gut zu laufen. Ohne Stress und Streitereien.

Was auch immer Arne in der Zeit gemacht hat, es muss mit seiner Ermordung zusammenhängen. Bestimmt hatte er keine Feinde, hatte er nie.

Ganz im Gegenteil. Diskussionen, auch mit ihr, ging er aus dem Weg, wann immer es möglich war. Lieber gab er nach, als ein Thema auszudiskutieren.

Und das Gewehr?

Woher hatte er die Waffe, und warum hat er damit den Seeadler erschossen?

Sie konnte immer noch nicht glauben, dass Arne wirklich der Schütze war.

Alles Überlegen brachte sie keinen Schritt weiter. Ihr wollte einfach nichts einfallen, was so schlimm hätte sein können, dass es einen Mord nach sich ziehen würde.

Und wenn es ein Unfall war? Wenn sich die Polizei irrt?

Aber die Todesursache war eindeutig und aus Versehen wird niemand erwürgt.

Sie ging zu Bett, nahm wieder zwei Schlaftabletten, und hoffte, dass die Polizei den Mord bald aufklären wird.

Erst dann würde sie Ruhe finden.

***

Tackert nahm den Hörer ab und meldete sich lustlos.

»Meyerling«, kam energisch die Antwort. »Ich habe meine Sekretärin damit beauftragt und sie durchs Haus geschickt, um ihrer Bitte nach einer zügigen Erledigung zu entsprechen. Leider ergebnislos, muss ich ihnen mitteilen. Keiner unserer Mitarbeiter kennt die Person auf dem Foto.«

Tackert war überrascht. »Sind denn alle Mitarbeiter heute vollzählig anwesend?«

»Alle, bis auf zwei. – Einer ist im Urlaub, einer krankgeschrieben. Aber in beiden Fällen schon seit über einer Woche. Beide waren also nicht anwesend, als sie das erste Mal im Haus waren.«

Tackert bedankte sich und legte auf. - Mist. Wieder eine Sackgasse.

Dieter hatte sich rechtzeitig in Sicherheit gebracht, quetschte sich unter der Eisenbahnbrücke in eine Nische und hatte die Schnauze voll. Vom Wetter, von der Suche-rei, von allem.

Aus den Zweifeln anfangs war die Frage entstanden, ob er das Geld überhaupt jemals finden würde? Ob wirklich diese Chance bestand?

Und dieser Scheiß-Alkohol.

Der Vorsatz eines maßvollen Umgangs hatte keine vierundzwanzig Stunden angehalten, musste er sich eingestehen. - Der Griff zur Flasche folgte inzwischen einem Automatismus, und das war nicht gut. Überhaupt nicht. Aber die Anstrengungen, dagegen anzugehen, auch nicht.

Um die Suche zu einem Erfolg zu führen, musste er konzentriert vorgehen. Bei jeder Gelegenheit wachsam sein, um die Umgebung richtig zu deuten. Mögliche Verstecke erkennen. Sich in den Franzosen hineindenken.

Es kostete ihn viel Kraft, die Flasche zu verschließen und einzustecken. Er tröstete sich mit dem Gedanken, dass er mit zehntausend Euro ein neues Leben beginnen könnte, dass alles einen neuen Anfang hätte.

Er musste bei der Sache bleiben. So wie früher, als er noch ein unauffälliges Mitglied der Gesellschaft war, mit Frau, mit Job und wenig Alkohol. Mit Träumen, mit einer

Perspektive und einer gesunden Portion Sorglosigkeit und Selbstwertgefühl. - Selbstwertgefühl? Was war das nochmal?

Ich muss stark bleiben, sagte er sich. Ich muss unbedingt stark bleiben. Er nahm sich vor, sich diesen Satz als Morgengebet, Abendgebet ... quasi als Mantra ... ständig vor Augen zu halten. Stark sein und stark bleiben.

Er fasste den Entschluss weiterzusuchen, sobald der Regen aufhört. Solange, bis ich mein neues Leben in den Händen halte, dachte er.

Im letzten Moment nahm er wahr, wie seine Hand nach der Flasche greifen wollte. Es gelang ihm, zu widerstehen und war erstaunt, dass sein Mantra erste Wirkungen zeigte.

Tackert parkte vor dem Gebäude, wo ihn die neue Hausherrin bereits erwartete. Elisa begrüßte Tackert stürmisch und fragte: »Zuerst das Haus oder erst der Garten?«

Das Haus war wirklich schön. Helle Räume, architektonisch geschickt angeordnet, ließen erahnen, dass man sich hier wohlfühlen konnte. Ein skandinavischer Holzofen im Wohnbereich, eine geräumige Küche und das Bad mit Dusche und Wanne taten ihr Übriges.

Was aber bei ihm eine kleine Euphorie auslöste war der Garten. Fast siebenhundert Quadratmeter Fläche bildeten ein Rechteck in einem angenehmen Verhältnis von etwa zwei zu drei. In Teilbereichen war die Natur sich selbst überlassen worden, andere Flächen waren durchdacht und mit viel Liebe angelegt. Ein buntes Blumenbeet, ein kleiner Gemüse- und Kräutergarten, im Hintergrund tatsächlich ein Apfelbaum? - Aber das Highlight war eindeutig der kleine Teich, der im hinteren Drittel schimmerte. Tackert musste sofort an die Goldfische denken, die hier ihrer Lieblingsbeschäftigung im deutlich größeren Radius nachgehen konnten.

Doch. Er konnte Elisa sehr gut verstehen. Alles in allem war das ganze Objekt ein kleiner Traum und er fragte sich, was es da eigentlich noch zu überlegen gab? Beeinflusst von dem sprunghaften Anstieg seiner Wohlfühlskala war er drauf und dran, an Ort und Stelle der Wohngemeinschaft zuzustimmen. Aber war das diplomatisch klug? Wäre es nicht ratsam, noch zwei, drei Tage zu warten?

Noch bevor er sich die Frage beantworten konnte, klingelte sein Handy und Sonja meldete sich:

»Richard? – Ich glaube, es wäre besser, wenn du nochmal ins Präsidium kommst. Wir haben hier einen Herrn ... Hilpert, der eine Aussage machen möchte, die dich ganz sicher interessieren wird.«

Mit ein paar Worten erklärte sie ihm, worum es geht.

Tackert machte sich augenblicklich auf den Weg.

Justus Hilpert war nicht alleine erschienen. Er wurde von seiner Frau begleitet, die gemeinsam in Sonjas Büro saßen.

Tackert zog sich einen Stuhl heran und nahm an Sonjas Seite Platz.

»Mein Name ist Tackert. Ich bin der leitende Ermittler in dieser Angelegenheit. Meine Kollegin hat mich über den Grund ihres Besuchs bereits informiert, wobei die Information aber nur eine grobe Übersicht enthielt. Ich möchte sie bitten, den Sachverhalt nochmal ausführlich zu schildern.«

Der Hauptkommissar betrachtete den Mann, der leicht verängstigt, in sich zusammengekauert, abwechselnd auf seine Schuhe und seine Frau schaute.

»Ich wollte das nicht«, begann er mit schwacher Stimme. »Aber ich war so wütend wie noch nie in meinem Leben.« Justus Hilpert hob den Kopf und blickte Tackert nachdenklich an.

»Ich bin wie fast immer früh aufgestanden, um vor der Arbeit noch nach den Tieren zu sehen. Ich war einer der Ersten, die regelmäßig am Horst vorbeischauten und die spannende Entwicklung verfolgte. – An dem Morgen war ich um halb fünf da, weil ich miterleben wollte, wie aktiv sich die Tiere nach Sonnenaufgang verhalten. Gerade jetzt, wo die beiden Jungtiere kurz vor Erreichen ihrer Flugfähigkeit standen.« Der Blick des Mannes hatte sich geändert, nahm Tackert wahr, glaubte jetzt eine Mischung aus Trauer und Unsicherheit zu erkennen.

»Ich war noch nicht lange da und plötzlich fiel dieser Schuss. Ganz in der Nähe. Im ersten Moment dachte ich, mein Herz würde stehenbleiben. Es hat eine Weile gedauert, bis ich realisiert habe, dass der Greifvogel das Ziel war. Ich habe noch mitbekommen, wie er langsam in sich zusammensackte, dachte aber, er sucht Deckung. Erst als sich der Mann erhob und einige Sekunden genau den

Horst beobachtete, verstand ich den Zusammenhang. Er war keine fünfzig Meter von mir entfernt, stand da am Ufer bei dem Gestrüpp, packte hektisch seine Sachen zusammen und machte sich dann aber in aller Seelenruhe auf den Weg. Mir war schlecht vor Wut. Richtig zittern musste ich. Einen Augenblick habe ich noch nach oben geguckt, ob sich der Adler zeigen würde … aber da war nichts zu sehen.

Ohne darüber nachzudenken habe ich die Verfolgung des Mannes aufgenommen. Zweimal habe ich ihn aus den Augen verloren, aber weil nur wenige Leute unterwegs waren, konnte ich ihn beide Male wieder entdecken. An der Leine habe ich ihn dann eingeholt und wollte ihn zur Rede stellen, als mir einfiel, dass er ja eine Waffe hat. Ich habe mir aus so einem Müllhaufen eine Eisenstange geschnappt, falls ich mich verteidigen muss. Und als ich den Mann eingeholt und erreicht hatte und sowas gesagt habe wie: »Du Drecksau hast den Adler getötet. Bleib stehen. Ich ruf die Polizei«, hielt er an und wollte sich umdrehen. Ich weiß nicht, was mit mir los war. Ohne nachzudenken habe ich die Eisenstange hochgehoben und einfach zugeschlagen. Einfach so. Vor Wut. Sowas habe ich noch nie getan. Ich war immer darauf bedacht, jedem Streit aus dem Weg zu gehen. Aber in mir kochte alles und ich habe vollkommen die Kontrolle verloren.« Justus Hilpert machte eine Pause und sah seine Frau an.

»Er blutete stark am Kopf, sank zusammen und blieb regungslos liegen. Dann habe ich es mit der Angst zu tun bekommen und bin weggelaufen. Zurück zu meinem Fahrrad. Später habe ich in der Zeitung gelesen, dass er tot in der Leine gefunden wurde. Erwürgt. Aber das war ich nicht. Ich habe ihn nicht erwürgt. Ich habe ihn nur mit der Eisenstange angegriffen, was natürlich schon schlimm genug ist.«

»Wo genau war das?«, fragte Tackert. »Wo genau sind sie mit ihm zusammengetroffen?«

»An der Leine. Schräg gegenüber des Kanuklubs.«

»Also auf der anderen Seite der Wilkenburger Straße?«

»Ja.«

»Auf dem Trampelpfad, der direkt am Wasser entlang führt?«

»Ja.«

»Ist ihnen auf dem Rückweg jemand begegnet?«

»Ja, aber erst später. Bis zu den Gärten war niemand unterwegs. An den Gartenlauben habe ich dann jemanden gesehen und in Höhe des Teichs auch nochmal. Ich kann aber nicht mal sagen, ob es eine Frau oder ein Mann war. Erst am Dreiecks- und Ricklinger Teich wurde es voller. Aber da sind ja immer mehr Leute anzutreffen. - Werde ich jetzt trotzdem des Mordes angeklagt?« Justus Hilpert machte immer noch einen verängstigten Eindruck, schien sich aber ein bisschen stabilisiert zu haben.

»Nein, das nicht«, beruhigte Sonja ihn. »Aber ganz spurlos wird die Sache nicht an ihnen vorbeigehen. Was sie genau erwartet, wird der Staatsanwalt entscheiden.«

Tackert nahm das Gespräch wieder auf. »Hatte Bloch – also der Mann, den sie angegriffen haben – noch die Angelausrüstung und die Waffe dabei, als sie ihn eingeholt hatten?«

»Eine Waffe habe ich nicht gesehen. Er hatte aber eine

Tasche um die Schulter hängen, die auf den Weg gefallen ist als er zusammenbrach. Und dann hatte er noch irgendwas anderes dabei. Ich weiß aber nicht mehr, was.«

»Was haben sie mit der Eisenstange gemacht?«

»Die habe ich erst später weggeworfen. Ich habe anfangs gar nicht gemerkt, dass ich sie immer noch in der Hand halte.«

»Und wo?«

»Kurz, bevor die Gartenkolonie beginnt. Dort habe ich sie auf den Acker geschleudert.«

Das deckt sich mit dem Fundort, wo die Kollegen den Absperrhalter gefunden hatten, dachte der Kommissar.

»Haben sich am Adlerhorst noch weitere Personen aufgehalten? Zu der Zeit, bevor der Schuss fiel.«

»Ich habe niemanden gesehen. Aber möglich ist das schon, dass an anderer Stelle auch jemand die Vögel beobachtet hat. – Ich weiß das nicht.«

»Gut«, sagte Tackert. »Es werden sich in den nächsten Tagen sicherlich noch Fragen ergeben. - Sie werden jetzt erkennungsdienstlich behandelt, müssen noch ihre Aussage unterschreiben und dann können sie erst mal nach Hause gehen.«

Als die beiden Ermittler alleine waren, fragte Sonja:

»Glaubst du ihm?«

»Ja. – Der wollte sein Gewissen erleichtern, da bin ich mir ziemlich sicher. Er hat seine Frau eingeweiht, den Zeitungen war zu entnehmen, dass Bloch erwürgt wurde und der Schlag mit dem Absperrhalter nicht die Todesursache war und am Ende hat er sich entschlossen, eine Aussage zu machen, um mit sich und der Welt ins Reine zu kommen.«

»Dann suchen wir jetzt also nur noch den Täter, der den schwer angeschlagenen Bloch erwürgt hat? – Aber aus welchem Grund?«

»Das ist die Frage«, meinte Tackert lapidar. »Wenn wir das Motiv hätten, wären wir bestimmt schon weiter. Meine Vermutung geht dahin, dass er zum Schweigen gebracht werden sollte. Was wiederum die Frage aufwirft, ob der Mord an dem Greifvogel ausschlaggebend ist oder der Grund ganz woanders zu finden ist. Etwas, was bei den Ermittlungen bisher überhaupt noch keine Berücksichtigung fand?«

»Etwas, was mit dem Samstagsgeheimnis zu tun hat?«

»Zum Beispiel.«

»Hast du einen Verdacht?«

»Nicht den geringsten«, gestand Tackert. Und genau da lag das Problem. Niemand unter den Kollegen – auch er nicht - hatte eine realistische Vision.

Heinrich Nettel war der Organisator der Suchaktion, die für heute ins Leben gerufen wurde.

Das Schicksal der zwei verschwundenen Jungtiere musste doch zu klären sein. Er wollte nicht akzeptieren, die Tiere einfach abzuschreiben.

Viele der Vogelfreunde sahen das ähnlich. Der Entwicklungsstand der jungen Greifvögel ermöglichte eine siebzigprozentige Überlebenschance.

Wegen der Niederschläge machten sich die zweiundzwanzig Naturliebhaber mit einer Stunde Verspätung auf den Weg zu den Ricklinger Kiesteichen. In den verbleibenden vier Stunden Tageslicht konnte noch ein ansehnlicher Bereich abgesucht werden, stimmten alle zu.

Vier Gruppen verteilten sich am Döhrener Teich in alle Himmelsrichtungen und begaben sich auf die Suche. Sie waren zuversichtlich, die Sache erfolgreich abzuschließen, sollten die beiden Vögel ihre vollständige Flugfähigkeit noch nicht erlangt haben. Da die Tiere nicht mehr so klein waren, kamen sie gut voran, und entfernten sich immer weiter vom Döhrener Teich.

In der Gruppe, die sich nach Norden vorarbeitete, fand der vierzehnjährige Alexander gegen zwanzig Uhr in der Nähe des Dreiecks-Teichs einen grauen Rucksack, der in einem Gebüsch unter Zweigen und Gräsern gut verborgen lag. Als er die anderen, die sich in Sichtweite bewegten, von dem Fund unterrichtete, öffnete jemand den Rucksack.

Neben verschiedenen achtlos hinein gequetschten Kleidungsstücken sahen sie einen Beutel mit Toilettenartikeln, ein paar unappetitlich wirkende Lebensmittel, die Fotografie einer hübschen Frau, die frech lachte und einige andere persönliche Unterlagen. Aus einer Seitentasche fischten sie einen braunen Umschlag aus festem Papier.

Als sie den Inhalt erblickten, nahm einer aus der Gruppe ohne Zögern sein Handy zur Hand und wählte die Nummer der Polizei.

Inzwischen waren fast zwölf Tage vergangen.

Auf dem Schützenplatz wurden die letzten Fahrgeschäfte abgebaut. Nebenan im Stadion hatten die Fußballer von Hannover 96 die Enttäuschung über den Abstieg in die zweite Liga verkraftet und warteten sehnsüchtig auf die neue Saison.

Das Entsetzen vieler Bürger über den getöteten Greifvogel war ein wenig verflogen und andere Schlagzeilen dominierten die Titelseiten.

Eine anhaltende Hitzewelle flimmerte in den Straßen. Am Maschsee lauerten Mückenschwärme auf leichtbekleidete Opfer.

Im Polizeipräsidium hatten die Techniker die Auswertung des Rucksacks abgeschlossen. Sie konnten einwandfrei nachweisen, dass es sich dabei um das Eigentum des Franzosen handelte. Das mit Abstand wichtigste Ergebnis fand sich aber in der Untersuchung des braunen Umschlags, dessen Inhalt die exakte Summe von zehntausend Euro ergab.

Einige erstklassige Fingerabdrücke von Arne Bloch und dem Franzosen konnten nur bedeuten, dass der Obdachlose Bloch das Geld abgenommen haben musste.

Es war aber noch immer unklar, ob Bloch da noch lebte, oder bereits tot war.

Allerdings erhärtete sich der Verdacht, dass Bloch bezahlt wurde.

Und zwar erst an jenem Morgen , an dem er den Adler erschoss. Als Auftraggeber kam eigentlich nur die NKG in Frage, aber es gab nicht den kleinsten Anhaltspunkt einer bestehenden Verbindung.

Die Aussage von Justus Hilpert wurde inzwischen von einer Frau bestätigt, die ihn, am Gartentor stehend, dabei beobachtete, wie er den Absperrhalter auf den Acker geschleudert hatte. Alle Zeitangaben sprachen dafür, dass der Mann die Wahrheit sagte und daher als möglicher Täter immer mehr in den Hintergrund rückte.

Tackert saß schwitzend am Schreibtisch und suchte nach Hinweisen.

Aber er konnte sich heute schlecht konzentrieren. Die Hitze machte ihm zu schaffen. Außerdem war er zurzeit etwas abgelenkt, weil er an den bevorstehenden Umzug nach Alt-Ricklingen denken musste. Elisa konnte es nicht mehr abwarten und hat alles Nötige in Windeseile erledigt, um bereits Anfang des kommenden Monats das Haus zu beziehen. Eine Woche später sollte er folgen.

Im Zimmer nebenan saßen Sonja und Nicola. Sven hatte heute einen freien Tag und Jan war seit zwei Tagen im Urlaub. Als das Telefon klingelte, zuckte Sonja ein bisschen zusammen.

»Guten Tag, Frau Ackermann. Hier spricht Pfarrer Schwarzenbach.«

Sonja hätte mit allem gerechnet, aber nicht mit einem Anruf des Pfarrers.

»Guten Tag, Herr Pfarrer. Was kann ich für sie tun?« antwortete sie überrascht und warf Nicola einen raschen Blick zu.

»Ich überlege seit Tagen, wie ich es anstellen soll ihnen zu helfen, ohne meine Schweigepflicht zu brechen«, hörte sie ihn sagen. »Und ich glaube einen Weg gefunden zu haben. Aber ich würde das eigentlich gerne persönlich mit ihnen besprechen. Ein Telefonat schafft immer eine gewisse Distanz, der ich gerne aus dem Weg gehen würde. Und außerdem haben wir hier am Gemeindehaus einen netten kleinen Garten, wo man gut bei einer Tasse Kaffee in der Sonne sitzen kann. Wie wär´s? Hätten sie Zeit?«

»Ja, das geht«, erklärte sie. »In dreißig, vierzig Minuten?«

Sonja legte auf und informierte Nicola. »Ich habe einen Termin mit dem Pfarrer. Wie es scheint, möchte er ein Geheimnis offenbaren und wünscht meine Anwesenheit.« Sie lachte und verschwand aus dem Zimmer. Als sie einige Minuten später wieder das Büro betrat, nahm Nicola sofort den frischen Duft eines angenehmen Parfüms wahr.

»Soso«, tat sie entrüstet. »Ein Besuch beim Pfarrer also, eingenebelt in einer Wolke der Verführung und mit einem T-Shirt, dessen Ausschnitt bis zum Bauchnabel reicht. – Dann hast du also nicht vor, heute noch mal ins Büro zurückzukommen?«

»Das weiß man nie«, lachte Sonja. »Gottes Wege sind unergründlich und führen manchmal an Ziele, die der menschliche Geist nur schwer begreifen kann.«

»Dann viel Spaß bei dem Versuch«, entgegnete Nicola mit warmer Stimme. »Ich kann dich ja verstehen ... er sieht ja auch wirklich nett aus ... aber fünfzig zu eins, dass das nichts wird.«

»Du kennst mich nicht, Nicola. Du kennst mich nicht«, hörte sie Sonja noch sagen, bevor sie endgültig verschwand.

Dieter wurde mit jedem Handgriff nervöser.

Nachdem er den Fußweg, der am Dreiecks-Teich entlangführte, überquert hatte, hielt er sich rechts, wo das Gelände zum Wasser hin leicht sumpfartig wurde und von dichtem Buschwerk aufgefüllt war. Schmale Trampelpfade voller Wurzeln wanden sich durch die Natur.

Nach einigen Metern erkannte er eine Veränderung, hier waren zahllose Gräser plattgetreten und abgebrochene Zweige bedeckten den Boden. Nach ein paar Schritten entdeckte er den Marktroller, der in einer leichten Schräglage, zum Teil von Ästen verdeckt, scheinbar achtlos hingeworfen dalag. Er glaubte sich sofort zu erinnern. An das Muster, an die Form, ... alles stimmte überein.

Erregt öffnete er den Reisverschluss und riss ein Teil nach dem anderen heraus. Wäschestück für Wäschestück verließ den Marktroller, bis das letzte Teil zum Vorschein kam und sich ein kleiner Berg Kleidungsstücke im feuchten Gras angehäuft hatte.

Nur Wäsche? Nichts als dreckige, stinkende Wäsche?

Es gab ja noch die Außentasche. Aber dort zog er nur ein paar verdorbene Lebensmittel und eine feuchte Zeitschrift heraus, deren Seiten aneinander klebten.

Eine unendliche Enttäuschung überkam ihn, und sein Griff zur Flasche erfolgte automatisch.

Es dauerte eine ganze Weile bis er akzeptieren konnte, dass der Marktroller ein riesiger Reinfall war. Aber war es wirklich nur ein Reinfall? - Immerhin hatte er ihn gefunden, und so war es gut möglich, dass er auch den Rucksack finden konnte, der dann ja das Geld enthalten muss.

Nach einer einstündigen Unterbrechung setzte er seinen Weg fort. Zwar demotiviert, trotzdem aber mit dieser kleinen Hoffnung.

Zehntausend Euro waren ein gutes Argument die Suche fortzusetzen.

Sonja saß hinter dem Gemeindehaus auf einem harten Stuhl, der sie daran erinnerte, dass dieses ja ein Ort der Buße war.

Dieser Eindruck wurde noch verstärkt, als sie den ersten Schluck Kaffee zu sich nahm, den der Pfarrer auf den Tisch gestellt hatte. Bitter, lauwarm und abgestanden. Also nur was für räudige Sünder, dachte sie.

Aber schließlich war sie ja nicht zum Kaffeeklatsch hierhergekommen.

Pfarrer Schwarzenbach druckste eine halbe Stunde lang rum und kam nicht zum Thema, was sie langsam nervte. Erst als sie konkret nachfragte, kam er auf Bloch zu sprechen. Mit umständlichen Formulierungen versuchte er mit aller Gewalt zu vermeiden, Dinge auszusprechen, die im Rahmen der Schweigepflicht zu späteren Vorwürfen führen konnten. Zeitweise begriff sie überhaupt nicht, wo sein ganzer Vortrag hinführen sollte.

Außerdem bereute sie, dass sie ihn provoziert hatte.

Sein Blick blieb ständig an ihren Brüsten kleben, was zusätzlich zu kleinen Unterbrechungen führte.

Häppchenweise musste sie den Inhalt zusammenfügen, der am Ende zunächst nicht den Eindruck machte, als ob er für die Mordermittlungen von besonders großer Relevanz war.

»Lassen sie mich zusammenfassen«, legte Sonja fest. »Arne Bloch hat sie telefonisch kontaktiert, weil er sich seit einem Jahr regelmäßig mit seiner Ex getroffen hat, zu der er sich immer noch sexuell hingezogen fühlte. Bei dieser Gelegenheit hat er festgestellt, dass ihr ... gesundheitlicher Zustand ... einen kritischen Punkt erreicht hat. Ihm war es nicht gelungen, sie dazu zu bewegen, einer Therapie zuzustimmen und hat gehofft, dass sie da erfolgreicher wären. Hinzu kommt, dass sie in einer unbekannten Sekte aktiv ist, von der Bloch annahm, dass sie sich dort radikalisiert. - Ist das so korrekt?«

»Ja«, bestätigte der Pfarrer nachdenklich. Man sah ihm an, dass er mit sich haderte.

»Ich gehe einmal davon aus, dass sie diese Informationen vertraulich behandeln, und meine Person als Informant zu keinem Zeitpunkt Erwähnung finden wird, wenn es sich irgendwie vermeiden lässt? – Ich mache mir wirklich Sorgen, ob ich nicht die Schweigepflicht gebrochen habe?«

»Ich denke, Herr Pfarrer, dass sie sich darüber keine Sorgen machen müssen. Das Meiste war uns ohnehin schon bekannt«, log sie.

Aber diese Lüge war als Wiedergutmachung für die kleine Provokation gedacht, und somit zu verzeihen.

Am Nachmittag tauchte Nicola in Tackerts Büro auf.

Mit ernster Miene sagte sie: »Fast hätt´ ich´s vergessen. Der Chef war vorhin da und hat mir diesen Zeitungsartikel in die Hand gedrückt mit der Aufforderung, ihn rumzureichen. Er meinte, so sieht erfolgreiche Polizeiarbeit aus, und wir sollen uns mal ein Bespiel daran nehmen.«

Tackert nahm die Kopie entgegen und las:

Erfolgreicher Schlag gegen
das organisierte Verbrechen
Fuhrberg

Der Fuhrberger Polizei gelang gestern nach nur zwei Stunden Fahndung ein erfolgreicher Zugriff.
Gegen 14 Uhr beobachtete der 69-jährige Rentner Erwin K. von seinem Küchenfenster aus, wie drei Kinder auf seinem Grundstück von einem Baum Kirschen stahlen.
Ein Versuch des Mannes, die Täter noch vor Ort zu stellen, missglückte.
Erst den herbeigerufenen Beamten gelang es, die drei Täter im Alter von sieben, neun und zehn Jahren auf einem Spielplatz zu stellen, als sie gerade mit Kirschkernweitspucken beschäftigt waren.
So konnte einmal mehr unter Beweis gestellt werden, wie zuverlässig die Arbeit unserer Polizei ist.
Von der angestrebten Strafanzeige sah der Rentner ab, nachdem der entstandene Schaden in Höhe von vier Euro und fünfzig Cent von einer bei der Personenfeststellung zufällig anwesenden Passantin übernommen wurde.

Tackert liebte den Platz nahe dem Gartenteich.

Von dieser Stelle hatte man den schönsten Blick rundum, und außerdem versorgte ihn hier die untergehende Sonne mit angenehmer Restwärme.

Vor einer Woche war Elisa eingezogen und hatte bereits einen großen Teil im Haus eingerichtet. Es war ihm unsagbar unangenehm, dass er sich jeder Hilfe entzogen hatte, aber die letzten Tage waren arbeitsintensiv und zeitraubend

Dafür aber erfolgreich.

Endlich hatten sie beide Mordfälle vom Tisch.

Dank einer beharrlichen Arbeit konnte sogar der Tod von Arne Bloch restlos aufgeklärt werden, was er noch bis vor wenigen Tagen für aussichtslos hielt.

Tackert hatte sich gerade entspannt zurückgelehnt, als Elisa mit schnellen Schritten auf ihn zusteuerte. Sie hatte eine Flasche Wein und zwei Gläser in den Händen. Eine tiefe Zufriedenheit spiegelte sich in ihrem Gesicht.

»Ich freue mich Richard, dass du dich entschlossen hast, den Versuch einer wilden Ehe zu wagen«, strahlte sie.

In der Tiefe ihrer Augen leuchtete wieder diese Gelassenheit, die ihn so sehr faszinierte.

»Du wirst sehen, dass es gar nicht so weh tut. Dein Leben wird sich im Großen und Ganzen nicht verändern, wenn du es nicht willst. - So: Und jetzt wird es Zeit, auf eine spannende Zukunft anzustoßen.«

»Spannend?«, fragte er leicht besorgt. »Was verstehst du unter spannend?«

»Schönes, nur schönes.- Spannend heißt schön.« Sie schenkte die Gläser ein und reichte ihm eins. »Trinken wir auf ... auf ... ach: Auf eine lebenswerte Wohngemeinschaft.«

Feierlich klirrten die Gläser. Zwei Vögel flüchteten erschrocken in die Bäume des Nachbargartens.

»Du hast mir noch gar nicht erzählt, wie es euch gelungen ist, die beiden Mordfälle zu klären«, hörte Tackert Elisa sagen. »Erzähl mal.«

»Tja. - Dass es letzten Endes ziemlich schnell ging, haben wir eigentlich Sven zu verdanken.« Tackert nahm einen Schluck Wein und wurde eine Spur förmlicher, als er schwerfällig zu erzählen begann:

»Fangen wir mit dem Obdachlosen an. Wie du ja bereits weißt, hat der Mann die junge Frau vor einer Vergewaltigung bewahrt. Es kam zu einem Kampf zwischen dem Franzosen und dem Unbekannten, in dessen Verlauf der Franzose durch drei Messerstiche getötet wurde. Dr. Schröder fand später im Rahmen seiner Untersuchungen unter seinen Fingernägeln Hautpartikel, die für eine DNA ausreichten. Außerdem wurde ein Haar des Täters sichergestellt, dass sich im Bart des Opfers verfangen hatte. Die Analysen ergaben, dass der Täter wegen eines ähnlichen Vorfalls bereits erkennungsdienstlich erfasst worden war, und somit schnell festgenommen werden konnte. Da er bei seiner Verhaftung sogar noch die Mordwaffe mit sich führte, war der Rest ein Kinderspiel. – Dagegen war die Aufklärung des Mordfalls Seeadler eine ziemlich verzwickte Angelegenheit. – Wir wussten, dass Bloch den Greifvogel getötet hat. Wir wussten auch, dass ihn ein Hobby-Ornithologe dabei beobachtete und ihm später an der Leine mit einem Absperrhalter eins über den Schädel gezogen hat. Was wir nicht wussten: Wer ihn am Ende erwürgte, und warum? – Wir waren uns sehr sicher, dass Bloch für die Tötung des Adlers von unbekannter Seite zehntausend Euro kassiert hat, die ihm an jenen Morgen in bar ausgehändigt wurden. Wie sich später im Laufe der Ermittlungen herausstellte, wurde ihm dieses Geld, als er verletzt am Fluss lag, von dem Obdachlosen abgenommen. Daher sind wir eine Zeit irrtümlich davon ausgegangen, dass die beiden Fälle zusammenhängen. Dass der Obdachlose ihn auch erwürgt hat und in den Fluss warf. Aber das war nur eine Vermutung und ließ sich durch nichts beweisen.«

Tackert unterbrach für einen Moment seinen Vortrag und verrückte den Stuhl, weil die tiefstehende Sonne ihn immer mehr blendete.

»Anfang der Woche begann Sven alle Gesprächsnotizen und alle Aussagen nochmals durchzusehen. Und dabei fiel ihm ein Satz auf, den Blochs Ex in einem frühen Gespräch – allerdings in einem ganz anderen Zusammenhang – von sich gab. Sie sagte: »Die Zeichen des Bösen sind überall. Man muss sie nur deuten.« Als er das las, fiel ihm auf, dass längst noch nicht alle, an sehr unterschiedlichen Orten sichergestellte Fingerabdrücke, miteinander abgeglichen worden waren. Sven und Nicola nahmen sich hunderte Fingerabdrücke vor und machten tatsächlich eine erstaunliche Entdeckung. - Der identische Abdruck eines Daumens wurde an gleich fünf unterschiedlichen Orten hinterlassen. Und zwar auf Blochs Angel und dem Eimer, die er zwecks Tarnung mit sich führte. Außerdem noch an seinem Auto, wo er sich an der Seitenscheibe abgestützt haben muss, dann natürlich auf dem Gewehr, und ... mit Abstand am interessantesten ... an der aufgebrochenen Tür des Schützenvereins. Das ließ eigentlich nur den Schluss zu, dass diese Person mit größter Wahrscheinlichkeit auch der Täter ist, und sich vermutlich unter den Mitgliedern des Schützenvereins befinden wird. Wir konnten dann schnell die Person identifizieren und verhaften. Nach einigen Stunden machte er eine umfassende Aussage. – Bloch bat ihn zunächst nur um Hilfe, später erpresste er ihn dann. Er sagte, dass er für drei Tage dringend ein Kleinkalibergewehr braucht, das er nach Ablauf der Zeit zurückbringen wird. Da er sich im Gebäude nicht so gut auskannte und auch keine Kenntnisse über das Alarmsystem besaß, war er auf fremde Hilfe angewiesen. Bloch hatte ihm angedroht, seine Frau von seinen sich wiederholenden Seitensprüngen zu unterrichten, sollte er sich weigern, das Gewehr zu stehlen. Er wollte seine Frau aber nicht verlieren und entschloss sich daher zu dem Diebstahl. Es gelang ihm, die außenliegende Alarmanlage stillzulegen. Allerdings gab es unerwartete Probleme, in das Haus einzudringen. Die Tür bot deutlich mehr Widerstand als erwartet.«

Tackert hielt Elisa das leere Weinglas hin.

Nach so vielen zusammenhängenden Sätzen fühlte er sich erschöpft und brauchte neue Stärkung. »Bei der Übergabe der Waffe machte Bloch dann eine Bemerkung, die ihn verunsicherte. Bloch sagte, dass er sein Können mal unter anderen Voraussetzungen ausprobieren wolle. - Er bekam es mit der Angst zu tun. Schließlich hatte *er* die Waffe geklaut und nicht Bloch. Er wusste, dass der

Diebstahl in spätestens drei Tagen entdeckt werden würde, vermutlich schon früher, wegen der beschädigten Tür. Da Bloch aber sein Vorhaben, egal welcher Art es auch sein sollte, in den nächsten drei Tagen durchführen wollte, gab es vielleicht eine Chance, die Waffe rechtzeitig zurückzulegen. - Dazu musste er aber unbedingt wissen, was Bloch mit dem Gewehr vorhatte. Und das konnte er nur herausbekommen, wenn er ihn quasi Tag und Nacht observieren würde. Er meldete sich bei seinem Arbeitgeber krank, seiner Frau erzählte er, dass ihn sein Chef kurzfristig für drei Tage im Emsland einsetzen will, und richtete sich auf eine mehrtägige Beobachtung ein. So folgte er Bloch an jenem Morgen zu den Ricklinger Kiesteichen, musste dort mit ansehen, wie er den Seeadler tötete, wie er mit der Eisenstange angegriffen wurde und ihm der Franzose das Geld abnahm. Er erinnerte sich daran, dass Bloch von seinen Seitensprüngen wusste. Er dachte an die Möglichkeit, dass er weiter unter Druck gesetzt wird, und dass es womöglich nie ein Ende findet. Außerdem würde so Bloch in Verdacht geraten, den Einbruch begangen zu haben. - Nach kurzem Zögern entschloss er sich, die Gelegenheit wahrzunehmen, und erwürgte ihn. Nach allem, was er in der letzten halbe Stunde miterleben musste, waren leichte Skrupel Abscheu und Wut gewichen, sagte er später in der Vernehmung wortwörtlich. - Aber seine Aussage umfasste noch einen weiteren Punkt, der für uns enorm wichtig war: Nachdem Bloch den Vogel getötet hatte und auf dem Weg zu seinem Auto war, holte ihn ein Radfahrer ein. Auf Blochs Höhe bremste er ab und drückte ihm ohne anzuhalten etwas in die Hand. Wir vermuten, dass es das Geld war. Sehr ungewöhnlich, diese Art der Geldübergabe. - Und wie du dir sicher denken wirst, war der Radler nicht zu beschreiben. - Also ist der Mordfall offiziell vom Tisch, obwohl es noch eine Anzahl von offenen Fragen gibt. Zum Beispiel: Wer war der Auftraggeber? ... Wir haben keine Ahnung. - Im Laufe der Ermittlungen wurden von allen Seiten Vermutungen laut, ob nicht der Betreiber des geplanten Windparks, als einziger Nutznießer dieser komplett sinnlosen Tat, als Auftraggeber in Frage kommt? Und wenn du mich fragst: Ich halte das für durchaus wahrscheinlich, allerdings gibt es nicht den allerkleinsten Beweis, der das unterstreichen würde.«

Elisa hatte die ganze Zeit über fasziniert zugehört. Zum Ende des Vortrags wurde sie sehr nachdenklich. »Aber das ist doch Grund genug, in dieser Richtung weiter zu ermitteln?«

»Da liegt der Hase begraben, Elisa. Außer einer Fotografie vom Döhrener Teich, die Bloch mit einem Unbekannten zeigt, den wir eine Zeit lang für einen Mitarbeiter der NKG hielten, hatten wir nie etwas und haben auch heute nichts.«

»Das ist ja blöd. - Wurde der Mann denn nicht inzwischen identifiziert?«

»Ja und nein. – Ein Mitglied des Vogelschutzvereins, der an jenem Morgen vor Ort war, glaubt zu wissen, dass es sich nur um einen Spaziergänger handelt. Aber ganz sicher ist das nicht. – Und es gelingt uns einfach nicht, den Unbekannten ausfindig zu machen.«

»Was für eine beschissene Geschichte«, überlegte Elisa.

»Was geht in einem Menschen vor, der ein Tier ... einer bedrohten Art ... tötet? - Für ein paar Euro? - Gibt es denn keine Hinweise auf seinem Handy? Oder Computer?«

»Nichts.- Das Handy war vollkommen ohne Interesse und der Laptop ...« Tackert hielt inne, und überlegte, welche Formulierung er wählen sollte.

»Und der Laptop?«, bohrte Elisa nach.

»... war nicht zu knacken. Keine Chance ... und hätte auch zu lange gedauert.«

»Wieso?«, fragte Elisa erstaunt. »Was heißt zu lange? Zwei Monate?«

»Etwas länger«, zelebrierte Tackert förmlich die Worte. »Geringfügig länger. - In der Nachricht vom LKA heißt es, dass der geschätzte Zeitaufwand zum Entschlüsseln der Festplatte zirka eins Komma sechs Millionen Jahre beträgt. Und ganz ehrlich: So lange will ich nicht warten.«

Tackerts Bemühen, den letzten Satz mit einem versteinerten Orgonit-Lächeln zu vervollkommnen, war nur mit viel Fantasie zu deuten.

Elisa dagegen revanchierte sich mit ihrem berauschenden Alltagslächeln, was bei Tackert sofort wieder alle Emotionen aus dem Gleichgewicht brachte.

Sie erhob sich und nahm ihn bei der Hand. »Komm, gehen wir ins Haus. Es wird kühl.«

Verdammt.

Das sieht nach einem vielversprechenden Einstieg in eine wilde Ehe aus, dachte er und legte einen Schritt zu.- Jetzt wird's spannend.

Sehr spannend sogar.

An diesem Abend lief ein Förderband voller Glückshormone durch seinen Körper und bescherte ihm ein unsagbares Wohlbefinden.

***

Epubli-Verlag, 184 Seiten, 8,99 €
ISBN: 978-3-7375-8759-4
Auch als ebook erhältlich: 3,99 €

Mitten in Hannover wird auf der Alten Bult die Leiche eines Mannes gefunden. Obwohl die Identität schnell geklärt ist, scheint die Vergangenheit des Opfers aus einem großen Rätsel zu bestehen.
Welches Geheimnis umgab ihn? Wer war der Mann? Richard Tackert macht sich auf die Suche ... und gewinnt nebenbei die Freundschaft eines ganz besonderen Zeitgenossen.

Epubli-Verlag, 156 Seiten, 8,99 €
ISBN: 978-3-7375-8757-0
Auch als ebook erhältlich: 3,49 €

Richard Tackert hatte miese Laune. Zum einen wegen seiner Novemberdepressionen, zum anderen wegen der Vielzahl von unbeantworteten Fragen, die sich nach einem Raubüberfall mit Todesfolge in Hannovers Nordosten auftürmten. Es wurde nicht besser, als sich im Rahmen der Ermittlungen Zusammenhänge bis nach Oberbayern auftaten. Das sollte sich erst ändern, nachdem sein Kollege Jan eine Theoriepräsentierte, die sich zwar etwas abenteuerlich, aber dennoch plausibel darstellte.
Und dann gab es auf einmal einen zweiten Toten ...

ISBN 978-3-7418-3428-8
www.epubli.de